A cappella

Du même auteur

Exemplaire de démonstration, Fayard, 2003 ; Pocket, 2005.
Carte muette, Fayard, 2004 ; Pocket, 2006.
Bandes alternées, Fayard, 2006.
Un livre blanc, Fayard, 2007.
Journal intime d'un marchand de canons, Fayard, 2009 ; J'ai lu, 2014.
Journal intime d'une prédatrice, Fayard, 2010.
La Conjuration, Fayard, 2013 ; J'ai lu, 2015.
La Légende, Fayard, 2016 ; J'ai lu, 2020.
Une vie en l'air, Fayard, 2018.

Philippe Vasset

A cappella

Flammarion

ISBN : 978-2-0804-1541-7

« Sur une douce musique, en
sa compagnie,
Commencent ces paroles (…) »

DANTE, *Vita nuova*, XII (1294)

Tout le cortège bourdonne. Filtrée par les casques et les écouteurs, la musique fait une rumeur d'essaim, entrecoupée des annonces du contrôleur, elles aussi chuintantes, comme remâchées par les enceintes. Les yeux fermés, on tente d'isoler des mots, de suivre une phrase mais, très vite, tout s'éparpille et les bris de voix oscillent entre deux eaux, s'amalgament un instant aux grincements du convoi pour finalement reprendre leur poudroiement de sable. La pénombre du wagon et la nuit qu'il traverse sont tramées des reflets de centaines d'écrans.

Absorbés, engourdis, les passagers restent immobiles, comme frappés par une secrète catastrophe, et le murmure qui émane de leurs écouteurs semble l'appel lointain de secours égarés, incapables de localiser notre capsule naufragée et tournant, sans but, dans l'obscurité, scénario dont les complications, couplées aux effluves de chaleur électrique, finissent par agir en conducteurs du sommeil.

Je ne me souviens pas du réveil, ni de la descente de train. Ce dont je me souviens, en revanche, c'est de l'avoir entendue rire au bout du quai. Dans la torpeur assourdie et l'accumulation d'échos, seule sa voix faisait corps.

Sa voix, je suis toujours en train d'essayer de la décrire, de mobiliser les adjectifs pour en cerner les contours. Des pages et des pages de « c'est comme… », tout ça pour rien : à peine posées, les métaphores se gondolent et glissent à terre tels des lés de papier peint mal collés. Jamais la langue ne m'a à ce point abandonné. Seul bénéfice, mon impuissance l'amuse. Du coup j'en rajoute, je souffle, je lève les bras au ciel, je m'agite comme un acteur de film muet.

Je l'ai rencontrée dans un festival de cinéma dont nous étions, l'un et l'autre, jurés, moi en tant qu'écrivain et elle chanteuse. Enfermés dans une construction Second Empire aux faux airs de gâteau au kirsch, nous avons passé quatre jours dans une alternance de nuits artificielles et d'aubes au néon, le pas de moins en moins assuré et le teint de plus en plus blafard à mesure que nous progressions d'une salle de projection à l'autre, prenant consciencieusement des notes pour éviter que les films que nous étions censés juger ne se confondent, ce qui finit néanmoins par arriver et compliqua singulièrement les délibérations. Je connaissais ses disques, sa voix, et voilà que son timbre se mettait soudain à excéder les trois minutes d'une chanson pour déborder sur le quotidien, parler du temps qu'il faisait et réclamer des chips, un peu comme si la robe d'un portrait débordait, soudain, le cadre du tableau et se mettait à cascader sur les meubles environnants.

Pourquoi ces détails ? Parce que c'est sur de telles pentes qu'un livre, insensiblement, *s'étage*. La littérature ne raconte pas la vie : elle épouse ses reliefs, investit ses délaissés. Écrire, c'est de la culture sur brûlis. Et cette voix que je suis toujours incapable d'évoquer, cette voix qui s'impose autant qu'elle échappe, cette voix était l'une de ces plages du réel : à peine l'ai-je entendue que je voulais m'y attarder. Mais comment habiter une voix qui n'est pas la vôtre ? C'est pourtant l'évidence : en lui écrivant des chansons ! Et pourquoi pas ? Je suis écrivain, oui ou non ? Alors ! Si j'ai su écrire des livres, je suis bien capable de composer des paroles.

Rétrospectivement, la constance avec laquelle je me précipite dans les pires traquenards me fascine : je me fais l'effet d'un de ces héros de film d'horreur, acharné à ouvrir la seule porte qui doit rester fermée, à prendre le seul autostoppeur dont il faut se méfier et auquel l'ensemble des spectateurs crient silencieusement « Noooooooon !!!! », en pure perte.

Une chanson, donc. Notre-Dame venait de brûler : voilà un bon sujet. Une métaphore de la passion abattant les édifices les mieux étayés. Fondre, s'effondrer : l'idée était de construire quelque chose autour de ce canon. Oui, mais voilà : écrire une chanson, ce n'est pas faire des phrases. Plus j'essayais, plus je régressais, produisant avec beaucoup d'efforts des textes auprès desquels mes pires poèmes d'adolescent feraient figure de chefs-d'œuvre, des textes non seulement inchantables mais, surtout, piteux, des textes qui certes pouvaient la faire rire, mais n'était-il pas temps que je change de registre ?

Le plus humiliant, c'est qu'une chanson, j'en avais déjà écrit une. Mais c'était pour un homme. Et même si je n'aime pas l'admettre, ça n'avait pas été tout seul : j'avais peiné. Salement, même. Je sondais, mine de rien, quelques amis écrivains : la chanson, tu en as tâté ? Réponse unanime : oublie ! Trop dur, pas pour nous. Et chacun de me faire le récit de ses tentatives avortées dans les affres, et des commandes d'artistes célèbres qu'on accepte, tout fier, pour prendre finalement conscience qu'on est incapable de les honorer…

Réjouissants augures. Et hors de question de me défiler : je m'étais déjà déclaré, toute reculade serait interprétée comme de l'impuissance, voire du désintérêt. Or de l'intérêt, j'en avais à revendre. Je n'avais même que ça. Fondre, s'effondrer.

Le plus absurde de toute cette entreprise, c'était qu'elle n'avait pas besoin de moi. Mais alors pas du tout. Écrire, composer, chanter : elle faisait tout toute seule, s'était imposée sans personne. Sa musique était un chat qui s'étire : souple, ornée, imprévisible. On aurait voulu y passer la main, éprouver sa texture mouvante. Quant à sa voix, elle était nimbée d'un halo sourd vers l'aigu, et parfaitement déliée dans les graves.

Fondre, s'effondrer
S'empanacher
Dans les nuées

Avec une patience infinie, elle tolérait mon empressement de librettiste, prenant de longues pincettes pour me dire, en substance, que les textes que je lui soumettais n'étaient ni faits ni à faire, poussant la bienveillance jusqu'à en chanter quelques-uns sur la messagerie de mon téléphone, non sans avoir, au préalable, déplacé des phrases, changé des mots et rajouté des strophes, au point qu'il fallait que je sois bien fat pour croire, comme je m'obstinais à le faire, qu'une quelconque trace de mes interventions subsistait dans ses performances qu'elle m'adressait sous forme de mémo vocal.

J'étais comme un phonographe au pays des enceintes connectées. J'avais beau écouter toutes sortes de musiques, j'étais resté prisonnier de cette tradition qui veut qu'en France, ce soit le texte qui fasse la chanson. Ou, pour le dire autrement, Brel, Ferré et consorts pesaient sur mes épaules de leur poids d'ânes morts. Mes textes restaient figés, privés du beau tremblé qu'avaient les siens.

À force de fiascos, je finis par comprendre ce qui clochait. Écrire des livres, c'est choisir le mutisme. Nouer ses cordes vocales. Alors évidemment, la chanson... Ça ne vient pas tout seul.

Réfléchissez : là, maintenant, lisant ces mots, vous m'entendez. Pourtant, c'est votre voix qui prononce intérieurement mes phrases. La mienne a disparu. Le texte m'a permis de la soustraire à la communication. Écrire, c'est se faire sans voix, se vouer à la rumeur, au ressassement de la langue quand elle n'est pas parlée, à ce brasillement qui frange le silence, à ces fumerolles qui s'échappent des foyers les mieux éteints et continuent à piquer la gorge. Écrire, c'est devenir corps d'absence, parler par toutes les bouches, sauf la sienne. C'est arpenter un pays sourd, un espace privé d'atmosphère où les sons s'étranglent, une zone inarticulée, à l'écart des souffles. Écrire, c'est se condamner à entendre des voix imaginaires et à grimacer au son de la sienne, pour toujours asphyxiée d'un lourd nuage de signes.

Bien sûr, il arrive qu'on énonce à voix haute un livre qu'on assemble. C'est même devenu une sorte de figure imposée : Flaubert, son « gueuloir », etc. En réalité, c'est plutôt rare. Écoutez-nous lire ! Vous voyez bien que notre voix nous gêne, qu'on peine à l'entendre, et que son contact nous est plus insupportable que la peau d'une créature inconnue.

Voilà mes blocages justifiés, sinon acceptés. Vraiment ? La chanson, interdite aux écrivains ? L'honnêteté obligerait tout de même à relever quelques contre-exemples notables : Sartre écrivant pour Juliette Gréco, Boris Vian pour Magali Noël, et Raymond Queneau pour tout le monde. Entre autres. Sans compter Jean-Jacques Schuhl pour Ingrid Caven, Jean Echenoz pour Valérie Lagrange, Chloé Delaume pour Indochine, René de Obladia pour Tino Rossi, Jean-Claude Carrière pour Delphine Seyrig et Laurent Chalumeau, et Blandine Rinkel pour Bertrand Burgalat… N'en jetez plus, mon alibi ne tient pas. Et impossible de chipoter, d'accabler sournoisement « Quelques cris », la chanson de Françoise Sagan pour Johnny, arguant qu'elle est ratée. C'est vrai, et alors ? J'aurais beau réfuter celle-là, il y aura toujours « Étonnez-moi, Benoît » de Patrick Modiano, chanté par Françoise Hardy à l'été 68. C'est irrésistible et, en plus, ça a été un tube. Ou presque.

Fondre, s'effondrer
Sur ses bases
Trembler

Ne pas s'entêter. Fureter, bifurquer : trouver une brèche. Les larmes, par exemple. Certaines voix déclenchent les miennes avec une précision d'horloger. À la syllabe près : quand Barbara précise qu'elle « n'a pas le goût du drame », par exemple (c'est dans « Mes hommes ») ; ou quand Étienne Daho, ayant constaté que « les souvenirs se traînent », donne la localisation exacte de ce ralentissement mémoriel : « Rue des Petits-Hôtels (ho ho) ». Immédiatement, ma vue se brouille. Pareil avec Fairuz quand elle chante « Li Beirut » et qu'elle lance, au sommet d'une vague de violons prête à déferler, « *anti li, anti li* », autrement dit « tu es à moi, tu es à moi ». Ces quelques syllabes suffisent à submerger mes digues les mieux étayées.

Ces débordements lacrymaux, enfant, c'était la honte. Surtout à l'époque où j'étais alto dans une chorale religieuse : régulièrement, en pleine partition, je m'étranglais. Toujours aux mêmes moments : dans le cantique dit « de Jean Racine », par exemple, tel qu'il a été mis en musique par Gabriel Fauré. S'adressant à Dieu, le chœur exige, *crescendo*, « que tout l'enfer, que tout l'enfer, fuie au son de ta voix ». Au lieu de tonner, la mienne se dérobait : je ne pouvais jamais finir la phrase. Au mieux, j'allais jusqu'à « fuie » : c'était mon record. Pour prévenir l'accident que je savais inévitable, je baissais le volume, histoire de me fondre dans la masse. Coup de chance, la suite (« dissipe le sommeil d'une âme languissante ») se chante *pianissimo subito*, ce qui me permettait de reprendre en douceur ma place dans l'ensemble. Mais je n'étais pas tiré d'affaire : on repartait *mezzo forte*, les altos redoublant les basses (« qui la conduit / qui la conduit / à l'oubli de tes lois »). Sortie de route interdite : on était en pleine lumière. La plupart du temps, ça passait, mais d'extrême justesse : je profitais de la *coda* pour m'essuyer furtivement les yeux d'un revers de manche.

De pleurs, de honte,
Fondre, s'effondrer
Foudroyé

Le problème était d'autant plus chronique que le cantique dit « de Jean Racine » était l'un de nos tubes, et qu'il figurait au programme de presque tous nos concerts, sans parler des messes où nous intervenions. Or c'était ce morceau, et pas un autre, qui me brisait la voix aussi sûrement qu'un coup de burin bien appliqué. J'exécutais tout le reste sans accroc, et même avec joie : comme tous ceux qui n'ont pas d'oreille, j'étais incapable de m'entendre au sein du groupe. Je ne percevais qu'un grand son, détimbré et anonyme, qui me submergeait de frissons. Bien avant l'écriture, c'est sans doute dans ce chœur que j'eus pour la première fois le sentiment de me dissoudre dans un élément qui m'excède. Impression puissante, et même libératrice, mais aussi terrifiante : l'évanouissement me donnait mille corps, aux contours inconnus.

Fondre, s'effondrer
Faseyer
Foisonner

Lassé de vivre dans la crainte perpétuelle d'un déraillement, je finis par me réfugier dans le registre le plus ancien de notre répertoire : mes sanglots ne se déclenchant qu'à la conjonction d'un sens et d'un son, je prévoyais de limiter les risques en ne chantant plus que des textes obscurs, si possible en langue morte. Cette direction nouvelle, motivée, à l'origine, par des considérations d'ordre pratique, se mua rapidement en passion pour le chant grégorien : dès que notre ensemble choisissait d'interpréter l'une de ces antiennes, je me portais volontaire. Hélas, la martingale se révéla impuissante à conjurer le sort : malgré le latin, les cantiques restaient compréhensibles, surtout si l'on avait un peu pratiqué la Bible, ce qui était mon cas. Le grégorien est conçu pour mettre en valeur le texte sacré, dont il épouse la phrase. Pour bien le chanter, il est nécessaire d'articuler chaque syllabe et il n'a fallu que quelques reprises pour que les paroles s'éclaircissent et que mon affliction reprenne le dessus, notamment dans l'introït « *Puer natus est nobis* », qui ouvre solennellement la messe de Noël : on fait plus discret. Et impossible de me cacher : le grégorien se chante à l'unisson, et la défaillance d'un chantre entraîne inévitablement la chute de tous... Fondre, s'effondrer.

Seule la polyphonie ancienne, décriée par le concile de Trente parce qu'elle brouille la parole de Dieu d'un excès d'échos et de contrepoints, pouvait me sauver. Mais cette musique *troppo molle* nécessite une technique vocale bien supérieure à celle que j'étais capable de mobiliser, et après quelques tentatives humiliantes au sein d'un chœur amateur, je remisai définitivement mes partitions et cantonnai ma voix aux cabines de douche et salons de karaoké. Les larmes, elles, montent toujours : d'un coup, sans prévenir et avec un complet dédain pour la qualité de ce qui les suscite. Ce n'est pas ici le lieu d'épiloguer, mais j'estime qu'à 50 ans révolus, je devrais quand même être capable d'écouter une princesse monégasque évoquer un ouragan qu'on ne peut plus arrêter sans éprouver le besoin pressant de m'ôter un cil de l'œil.

Fondre, s'effondrer
Pencher, s'épancher
Cesser d'appartenir

Sur la scène, elle chante des chansons d'amour. Les siennes, d'autres : c'est le thème du spectacle. Soudain : « Que je t'aime ». La salle sourit : pas elle. Penchée sur son micro, elle ferme les yeux et serre les poings. J'ai toujours cru que c'était la voix de Johnny qui rendait ce morceau si atroce : il s'avère que non, le titre n'a besoin d'aucune aide pour creuser sa tombe et s'y coucher, tel le « cheval mort » pesant sur le corps de la malheureuse dédicataire.

Ce cadavre, elle le relève en trois gestes. Balayant l'air de sa main restée libre, elle déplace les accents, retient certains mots, en précipite d'autres, et voilà la partition qui se remet d'aplomb, voilà « Que je t'aime » qui s'installe, à califourchon, sur un balcon, un soir d'été, dans l'odeur des lilas… Plus tard, je lui dirais que c'était la pire et la plus belle chanson du concert, et elle s'amusera de m'avoir piégé : je hais Johnny avec une telle ferveur…

Descendue de scène, elle est absorbée par les spectateurs qui se pressent et l'embrassent. Moi, j'entends toujours sa voix, écumant le brouhaha, alors je ferme les yeux et essaye une fois encore de décrire son timbre, cette note imperceptiblement voilée d'une taie brumeuse, mais je me fais l'effet d'un œnologue prenant l'air inspiré au-dessus d'un verre de vin, ou d'un parfumeur pérorant sur les « accents chyprés » d'une préparation, et j'abandonne la pose pour ne plus m'occuper que de la suivre, à l'oreille, quêtant les traces de son passage dans les circonvolutions du bruit, suivant les veinules de tonalité, m'égarant dans les nœuds, perdant le fil pour le retrouver quelques mètres plus loin. C'est ainsi que je procède, en ville, avec les passants parfumés : considérant que les individus qui se parent d'odeurs nous prient, en substance, de leur filer le train, je me détourne de mon chemin pour m'insérer dans leur sillage, me plaçant juste à l'endroit où la senteur commence à s'évanouir et je me laisse remorquer le plus longtemps possible, ignorant parfois qui je file, la traînée odorante étant trop large pour être rattachée à une silhouette particulière, le sachant, d'autres fois, sans que cette connaissance n'ait d'incidence sur mes actes, l'objet de mes attentions se résumant à un dos qui jamais ne me présente son visage.

Mais on ne suit pas une voix comme on suit une odeur. Peut-être parce qu'elles peinent à s'imposer sur le bruit de la ville, peut-être aussi parce qu'elles sont trop signifiantes, et donc moins évocatrices : au restaurant, dans le métro, on attrape une note, un mot, mais, très vite, c'est toute une conversation qui vient, des histoires de week-end et de collègues, des détails oiseux et des opinions ridicules : qui a envie de s'encombrer de tout ça ? Je préfère ces moments où les voix, à force de se redoubler, s'annulent dans une immense rumeur au sein de laquelle les mots claquent comme des bogues de marrons sur le feu. Je peux rester des heures dans un hall, une galerie, à écouter le jeu des échos diluer le sens jusqu'à l'indistinct. Mon seul regret est qu'un tel phénomène n'ait jamais pu être enregistré de manière satisfaisante. Ce qui s'en approche le plus, c'est le bourdon des chœurs de la liturgie byzantine, cet épanchement sur lequel s'avance le récitant comme, ce soir, sa voix sur des courants de rumeurs, sa voix qui frange le bruit d'une mousse légère, sa voix que j'écoute se diffracter comme à travers une cataracte, sa voix qu'elle m'accuse parfois de fétichiser, à quoi je réponds que j'aimerais bien, ça voudrait dire que j'ai une vague idée de ce qui se joue, de la scène et de l'intrigue, mais rien, rien du tout, je reste à chasser sur l'eau tel un bateau à quai, coque qui choque et haubans qui tintent.

J'aime beaucoup les ports en hiver. Peut-être que c'est un meilleur sujet de chanson que les cathédrales qui s'effondrent ? Je pourrais égrener des noms de pavillons au rythme du ressac sur le môle.

Sur le quai
Déserté
Les voiliers
Dégréés
Proclament
Nassau
Monrovia
Tortola

Mais le ciel est bas
Le vent, froid
Aruba est bâchée
Kingstown calfeutrée
L'offshore a froid aux pieds

Au-delà de l'étrangeté du retour à la ligne, l'écriture de parole est un exercice en double aveugle : les phrases assemblées ne sont faites ni pour être lues, ni pour être dites et, sans voix pour les porter, balancent comme des vêtements sur leurs cintres. Comment les appréhender ? Provisoire, leur musique est brouhaha.

Ou peut-être le problème est-il moins abstrait que je ne le pense et tient simplement aux thèmes que je m'obstine à choisir : un examen, même hâtif, du corpus chanté montre qu'on y évoque plus volontiers les sentiments que les immatriculations maritimes. Écrire une chanson d'amour ? Ça n'est pas exactement mon registre : les livres que j'ai publiés jusqu'ici ne parlent ni de ma vie ni de celle des autres. Ce sont des relevés d'expérience dont le texte seul est l'aire, des comptes rendus d'expédition minuscules, bref des solutions à 4 % de récit et dont je suis l'unique précipité. Rien de très passionnel.

À partir de là, deux possibilités : se dégonfler en invoquant maldonne ou, à l'inverse, considérer que le cœur est l'ultime frontière.

Sans prévenir,
Les étoiles s'alignent
Sans prévenir,
Les cathédrales brûlent
Pour le désir
Souscription nationale

Sans prévenir,
Les masques tombent
Sans prévenir,
Les toits s'effondrent
Et tout chavire
Confusion maximale

Sans prévenir,
Les cieux s'empourprent
Et sans prévenir,
Les lèvres s'entrouvrent
Ooh, aah, soupirs
Mobilisation générale

Ça allait durer longtemps ? La manie que j'avais de fureter partout commençait à lui porter sur les nerfs ! Qu'est-ce que je fabriquais, au juste ? J'étais toujours là, à rôder, on ne savait pourquoi. Je me défendais, mollement : je n'ai jamais su vivre autrement que les mains dans les poches et les yeux dans les coins.

Comme un glacier
Qui craque et sourd
Fondre, s'effondrer

Et puis, même si je n'aime pas trop le terme, qui fait petit monsieur en imperméable, il faut bien reconnaître qu'elle n'avait pas tout à fait tort : je suis un peu fétichiste. En psychiatrie, le terme désigne ceux qui préfèrent la partie au tout, l'accessoire à l'essentiel, bref ceux que le corps de l'autre – et, par extension, le vivant – embarrasse. Ma définition personnelle serait moins clinique : le fétichiste, c'est celui pour qui certains fragments sont mondes, certaines absences font corps et certaines voix, territoires : sols, ciels et cimes.

Ça n'est pas qu'une image : la particularité d'harmoniques que combinent certaines tonalités m'ouvre effectivement des espaces, et esquisse des topographies. Ou bien, dit autrement : enfant, j'avais un mange-disque. Je m'en servais pour écouter sans interruption les 33 et 45-tours que l'on voulait bien m'offrir. Parmi ceux-ci, les aventures de Piccolo et Saxo, deux instruments facétieux dont les familles, après s'être regardées en chiens de faïence, se rapprochaient, formaient un orchestre et partaient à la découverte du monde. C'est peu dire que j'adorais ce disque : je peux encore en réciter de longs passages par cœur. Le narrateur de l'histoire était le comédien François Périer : à force d'écoute, je connaissais chaque nuance de sa voix, sans jamais m'être soucié de son existence. Il n'était qu'un nom sur la pochette, juste en dessous du cartouche rouge et or qui proclamait « livre-disque Phillips ». Dix ans plus tard, je découvris *Orphée*, et le film de Jean Cocteau m'impressionna tellement que je retournai le voir à plusieurs reprises. Jean Marais jouait faux, Marie Déa était crispante, et cependant j'étais retenu, subjugué par une chimie mystérieuse. Si j'avais eu de l'oreille, j'aurais identifié, sous le masque de l'ange Heurtebise, la voix de mon enfance : c'est en effet François Périer qui tient le rôle. Mais n'ayant jamais vu son visage, et oublié jusqu'à son nom, je ne fis pas le rapprochement, et le magnétisme qu'exerçait sur moi *Orphée* demeura longtemps inexpliqué. Je ne compris que bien plus tard. Alors je revins au cinéma pour écouter cette voix infusée de mes après-midi d'enfant, cette voix qui ne m'avait jamais parlé que de bois verts et de cuivres étincelants, devenir, dans l'obscurité de la salle, un bourdon assourdi. Les effets du phénomène se propageaient jusque dans le passé, les nuages de cendres et d'encre qui étouffaient, à l'écran, le timbre de François Périer s'étirant rétrospectivement jusqu'à ma chambre d'enfant, soufflant leurs volutes à travers le haut-parleur de mon petit électrophone et teintant d'une tristesse poignante les épisodes de mon disque favori, à tel point qu'il me semblait que c'était Heurtebise, et non plus Mademoiselle guitare, qui repoussait doucement la main que lui tendait Piccolo et disait d'un ton las : « Oh non, je vous remercie, mais j'aime la solitude. Je veux rester seule encore un peu. Je vous rejoindrai plus tard. »

Cet irréel feuilletage d'espace et de temps, cet éboulement formant, sous nos pieds, cratère, c'est le lieu de la voix. On y descend par un lent étagement de degrés ravinés par le ruissellement qui, partout, afflue. Au fil des ans, la voix de certains acteurs a creusé en moi, de manière quasi géologique, de véritables cavernes. C'est par exemple le cas de François Chaumette, un sociétaire de la Comédie-Française aujourd'hui oublié. Je l'ai entendu la première fois, adolescent, à la télévision. On rediffusait *Belphégor*, un vieux feuilleton de l'ORTF, et Chaumette campait un personnage méphistophélique nommé Boris Williams : ses intonations métalliques et son débit précipité tombaient comme un hachoir sur les répliques de ses partenaires et faisaient le vide autour de lui. La note est restée dans mon oreille et je l'ai retrouvée, bien plus tard, sous le casque de Dark Vador (c'est Chaumette qui double le personnage dans le premier épisode de *La Guerre des étoiles*), puis, plus tard encore, sur les coursives d'Explorateur One, le vaisseau de *2001 : l'odyssée de l'espace* (Chaumette est la voix française de HAL, l'ordinateur infaillible). Chaque apparition venait augmenter sa voix de présences nouvelles, tant et si bien que, quand Chaumette incarnait Philippe de Gonzague dans *Le Bossu*, et que le choc des lames venait redoubler ses accents de fer, j'entendais tout à la fois le félon qui piège Lagardère, mais également l'avocat inflexible manœuvrant contre Belmondo dans *L'Héritier* ; l'inquisiteur Bernardo Gui dans *Le Nom de la Rose* ; le narrateur du 45-tours *Superman : de Krypton à la Terre* ; et Skeletor, le diabolique macchabée des *Maîtres de l'univers*. C'était comme un orgue qui aurait parcouru simultanément tous ses registres et suscité, par la seule force de son souffle, un édifice mouvant où niches, chapelles et absidioles s'agençaient en bulles.

Au-dessus du brasier
Vapeurs et nuées
Cathédrale essoufflée

Départ de feu retour de flamme
Écran de fumée, sirènes d'alarme

Dans la nef dévastée
Grandes eaux carbonées
Orgue asphyxié

Départ de feu retour de flamme
Écran de fumée, sirènes d'alarme

Croisière du Tendre
En vaisseau de cendres
Pyrotechnie
Et salamandre

Mes progrès, que je vous dispense de commenter, sont entravés par un problème majeur : lorsque, avide d'apprendre, je me procure les œuvres complètes d'un parolier dont les productions m'ont séduit, je suis systématiquement déçu. Imprimées, les phrases semblent arrangées à la va-comme-je-te-pousse, le propos plat, ou exagérément dilué, bref c'est difficilement lisible et, si je n'étais pas préalablement informé du contraire, je dirais même que ce n'est pas chantable. Comment progresser dans ces conditions ? Sur le papier, je suis incapable de faire la différence entre une bonne et une mauvaise chanson. Je peux débiter du refrain au mètre, le résultat sera toujours le même : je n'ai aucune idée de la valeur de ce que je fabrique. Si j'étais le seul concerné, je laisserais probablement tomber, mais il se trouve que c'est pour offrir et que ça me gênerait d'arriver avec des rimes mal assorties (« avec mon p'tit bouquet »... air connu).

Je m'obstine, donc. Même si je doute. De mes talents, forcément, mais plus largement de l'utilité de l'ouvrage. La chanson est-elle nécessaire ? Il semble que la majeure partie des interprètes en activité n'aient même pas eu besoin de monter sur scène pour rencontrer le succès : l'un est surtout connu pour son palmarès de conquêtes, l'autre pour ses rôles au cinéma ou tout simplement pour son nom. Dans ce défilé d'enseignes, paroles et musique semblent accessoires : le chanteur est aujourd'hui un personnage que l'on consomme pour lui-même, pour la mythologie qu'il perpétue, et non pour ce qu'il interprète. C'est un costume déjà coupé, qu'on endosse sans en déranger l'ordonnance. Et alors ? D'autres figures, celles du philosophe engagé ou de l'écrivain voyageur, pour parler de ce que je connais un peu, survivent depuis des années dans une semblable apesanteur, sans justification ni utilité, par simple rappel de poses. La chanson serait la dernière activité culturelle à se convertir à cette économie de la représentation. On pourrait même dater le jour du basculement : c'était celui où une future femme de président s'est juchée sur un tabouret de bar, guitare en main, et, par la simple addition de ces deux accessoires, est devenue chanteuse.

À quoi bon, dès lors, s'attarder parmi ces mannequins de cire, dans cette galerie des glaces où chaque geste est indéfiniment répété par l'enfilade des miroirs et le jeu des encoignures, à tel point qu'on ne cesse de croiser des versions de plus en plus outrées des mêmes personnages, leurs têtes et leurs torses enflés à des dimensions de postiches, leurs visages plâtrés de maquillage et leurs membres accablés d'énormes prothèses entravant leur marche ? Qui voudrait participer à ce monstrueux défilé de baudruches et de masques, à cette parade infernale où les chars vacillants semblent perpétuellement sur le point de s'effondrer ?

Contre toute attente, les candidats se pressent. Car malgré les critiques dont chaque génération l'accable, la chanson n'a pas d'extérieur : genre et sous-genre ont beau proliférer, toutes les musiques populaires ne sont, au final, que du chant rythmé (ce raisonnement peut aisément être mené au-delà du siècle, et même du millénaire : cantilène, lieds et arias forment par-dessus les époques une interminable chaîne de bouches arrondies que même l'apparition de l'électronique n'a pas réussi à rompre : moi qui ai passé une bonne partie de ma jeunesse à danser sur de la house, genre a priori très éloigné de la chanson, je sais que les morceaux qui me faisaient venir les larmes aux yeux à 4 heures du matin n'étaient pas les instrumentaux mais les gospels déchirants de Romanthony : *There's nothing left for me, no matter where I go / so I keep on wandering / till I loose control / Waaaaandereeeer*).

Naturellement hégémonique, la chanson pourrait-elle finir par absorber la littérature ? La thèse peut sembler excessive, elle n'est, à l'examen, pas absurde : la lecture silencieuse, instituée au XVIe siècle, quand le livre est devenu un objet personnel, se pratique de moins en moins. Les signes sont déjà là : essais, romans et poèmes s'écoutent plus qu'ils ne se lisent, on les écrit sur des appareils dont la fonction première est de transmettre la voix, et certains acteurs habitués à prêter leurs timbres aux grandes œuvres du répertoire, acquièrent, par capillarité, une stature d'écrivain, au point que l'Académie française songe sérieusement à leur ouvrir ses bancs. Il faut l'envisager : les quatre siècles où l'on a lu à part soi, où le texte était autre chose qu'une parole, sont peut-être révolus. J'ai longtemps résisté à cette idée car j'aime l'évanescence de l'imprimé. Mais comment ignorer que la langue, aujourd'hui, veut s'incarner ? D'autres, plus rapides que moi, l'ont déjà compris, montent sur scène et produisent des disques qui, parfois, réussissent à exprimer tout ce qui a manqué à leurs livres (ainsi Michel Houellebecq dont la prose, inerte à la lecture, s'anime sur l'album *Présence humaine* et ses plages synthétiques orchestrées par Bertrand Burgalat, des mouvements contrariés d'une sentimentalité mal contenue).

Bref, si elle n'est plus forcément l'avenir de l'industrie musicale, la voix pourrait devenir celui des littérateurs. Comment en est-on arrivé là ? En ce qui me concerne, j'accable Marguerite Duras : c'est elle qui, la première, recouvrit presque bord à bord sa production littéraire de son timbre, la première qui parla ses textes, au point d'inventer une forme inédite, le livre raconté (voyez son film *Le Camion*). Avant elle, les écrivains étaient muets : qui a jamais entendu Beckett, Bataille ou Gracq ? Duras a imposé sa voix et l'a indissociablement mêlée à ses livres, élargissant le cercle de déploiement de la langue jusqu'à inclure le corps de celui qui écrit. Impossible, désormais, de se dérober, même pour ceux qui, comme moi, ont placé l'esquive au cœur de leur travail littéraire et, plus largement, de leur vie.

Fondre, s'effondrer
Partir
En fumée
D'escampette
Se poudrer

La branche ? Sciée
Le numéro ? Non attribué
Et le nom ? Emprunté

Fondre, s'effondrer
Entre les bras
Glisser
Fuir sans griefs
Sans projets

Le code ? Changé
Le message ? Pas distribué
Et l'adresse ? Condamnée

Fondre, s'effondrer
Partir
En cendres
Combustion
Instantanée

Les vaisseaux ? Brûlés
Livres, disques ? Autodafés
Et la mémoire ? Libérée

Devant son verre de prosecco, elle s'amuse de me voir couper le cheveu en quatre : « Je ne sais pas quel monde tu t'inventes, à envisager la voix comme une réalité autonome. Il n'y a que des corps : le chant est un dérivé. Toi, tu décolles les timbres ! » La fumée de ses très fines cigarettes reproduit, oscillographe, ses hauteurs de ton : d'abord vertical, le pinceau de combustion s'incline en dévers avant de s'éparpiller en vagues imperceptibles. Et moi je rame à contre-courant, arguant que je ne prétends pas raconter ce qui existe : on n'écrit pas pour reproduire le réel, mais pour l'éprouver, et soi avec. Or la voix est l'épreuve de la langue, son à-pic. C'est sur cette crête que j'essaie de me tenir.

« Du coup peu importe la voix ? La mienne, une autre… C'est le spécimen qui compte ? » L'inclinaison de la pente affole le moteur à arguties : mais non pas du tout, comment peux tu voyons… Mais j'ai beau maltraiter le changement de vitesse, ça manœuvre à vide, et mes vrombissements rhétoriques ne font qu'approfondir l'ornière où je m'embourbe : plus je me défends d'user du réel comme d'un alibi, plus elle se persuade du contraire.

Pour ne pas alourdir mon dossier, j'évite de lui parler de ma collection de voix, constituée, pour l'essentiel, dans le bus. Contrairement au métro, trop bruyant, ce mode de transport encourage en effet la conversation téléphonique. Est-ce les dimensions réduites de l'habitacle, ou bien le nombre souvent limité de passagers ? Quoi qu'il en soit, une portion significative de la population s'y sent suffisamment à l'aise pour sortir son téléphone et appeler un correspondant sans se soucier des autres. Il suffit de tendre l'oreille pour prendre la température d'une vie conjugale, plonger dans les affres d'une recherche d'emploi ou simplement suivre le récit d'un incident ayant précipité une brouille irréparable.

Parlez plus fort
J'entends mal vos transports

Parlez plus fort
Les mains en sémaphore

Quand je suis suffisamment près de la source d'une conversation, je l'enregistre avec le dictaphone intégré de mon téléphone. J'ai accumulé ainsi des centaines de fichiers, souvent inaudibles à cause des bruits de fond, mais dans lesquels on peut parfois attraper, entre les bruits de freins et les passages d'ambulance, l'évocation d'un cambriolage ressenti « comme un viol, tu vois » ou le compte rendu d'une première rencontre « avec un type, on va dire, gentil. Ils le sont tous, maintenant ». Il y a aussi des descriptions extraordinairement détaillées de disputes dont l'objet reste nébuleux et, à l'inverse, des demandes d'explications auxquelles la situation du locuteur fournit une échappatoire inespérée : « Écoute, je suis dans le bus, on se rappelle ? »

Surveillance de quartier
Espion de proximité
Herbier de nos vies
Séchées

Ne désespérant pas de lui écrire des paroles, j'essaye de nourrir mon ouvrage de cette expérience d'écoute : les échanges entre passagers recèlent parfois des trouvailles involontaires. Reprenant mes trajets favoris – car il existe, comme pour la cueillette des champignons, des zones plus propices que d'autres à l'observation de ses semblables –, j'accumule des brassées de spécimens. À l'examen, les phrases récoltées se révèlent décevantes. On peut éventuellement les accommoder en titre, parfois même en amorce de refrain, mais impossible d'aller au-delà, d'en faire des couplets, des vers, autrement dit des chansons : le style, le propos sont par trop décousus. Pour bien faire, il faudrait conserver le ton, le phrasé des locuteurs espionnés, ne pas se contenter de rapporter les discours, mais capter l'échange lui-même. On s'éloigne du sujet : c'est sa voix qui m'occupe avant tout, pas celle des autres.

Le bus, j'en reste convaincu, pourrait être un véhicule. Il n'existe, après tout, aucune méthode pour écrire des chansons, alors pourquoi ne pas s'abandonner au hasard et laisser le transit opérer les liaisons ?

Rue Sambre-et-Meuse
En décembre
Heures creuses

À t'attendre
Vie de cendres
Pluie neigeuse

Il faut juste se garder de la tentation, lancinante, d'écrire des chansons en faisant rimer les stations : la ficelle est usée.

Paysages louches
Vitres brouillées
Reflets, caténaires
Vies rêvées

Pendant un temps, le passe Navigo a ainsi pallié mon manque de savoir-faire : chaque jour, je tirais sur les lignes et moulinais sans faiblir. Au début, c'était calme, puis, très vite, les touches sont venues, et ça a commencé à mordre. Piqué par un détail du paysage, ou bien une phrase entendue, je fatiguais la langue pour qu'elle se laisse mener à l'épuisette.

À la pratique, certaines zones se sont avérées plus poissonneuses. C'est le cas du tramway T3B, qui va de la porte d'Asnières à la porte de Vincennes. Sur son parcours, chaque station est doublée de grandes plaques de verre encollées de phrases agencées par les poètes Pierre Alferi et Olivier Cadiot. La pluie, le vent et les adolescents désœuvrés ont entamé les compositions, aujourd'hui rongées comme des falaises bretonnes. Par place, le propos des deux poètes s'est même effondré, révélant, derrière les parois transparentes, les enseignes des magasins, les plaques commémoratives et les annonces de concerts. Ailleurs, il est parasité par les graffitis et les signatures gravées dans le verre par des clefs vengeresses.

En d'autres termes, Cadiot et Alferi ont inventé la nasse lexicale, une passe dans laquelle les mots du quotidien frayent et se piègent. J'utilisais ce filet ravaudé comme un ouvroir à chanson, le jetant sur la ville environnante puis le tirant à moi pour attraper, entortillées dans ses rets, des compositions pantelantes. Le fait que les deux poètes soient eux-mêmes auteurs de chansons (pour Rodolphe Burger, Jeanne Balibar, entre autres) validait à mes yeux cette pratique : je braconnais avec des outils éprouvés.

Mais, accaparé par ma pêche, je n'ai pas vu que ma barque dérivait. Suscitées par les événements les plus divers et les occurrences les plus aléatoires, mes paroles devenaient de plus en plus obscures, voire privées des référents qui les avaient inspirées, totalement incompréhensibles.

Zigzag sonore
Main qui s'agite
Puis se pose, trop d'efforts
Langueur, élytres
Rose Mogador

J'aurais pu, certes, invoquer les mânes de Boris Bergman et de Jean Fauque, les paroliers d'Alain Bashung, mais leurs collages abscons ont libéré les plumes d'une clique tellement dispensable que c'est un parrainage dont je préfère me passer (même si j'admire leur capacité à insérer, dans leurs chansons, des phrases tellement absurdes que chaque auditeur, pour en percer le sens, en est réduit à chahuter les syllabes comme les pièces d'un boulier. Faites l'expérience : demandez autour de vous sur quelle affirmation se termine le premier couplet de « Vertige de l'amour ». Vous obtiendrez autant de réponses que de personnes sollicitées).

Pour tenter de sauver les meubles, j'extrayais de mes compositions itinérantes les passages qui me paraissaient les plus saillants et m'efforçais d'amalgamer le tout. Faire de la chanson, avais-je souvent entendu dire, c'est comme accommoder les restes : les paroles ne s'écrivent pas d'un coup, mais par allers et retours, hasards et touches successives. Comme un frichti du dimanche soir, en somme. La cuisine, hélas, n'est pas mon fort.

Fondre, s'effondrer
Corps et biens, sombrer

Les ratages à répétition ont, il faut l'avouer, fini par entamer ma superbe. Je pavoisais moins, on peut même dire que je commençais à raser gentiment les murs. Courageusement j'ai affronté mes problèmes en coiffant mes écouteurs et m'absorbant dans ma bibliothèque de choix musicaux, les yeux dans le vague.

Voilà bien six mois que je m'interdisais d'écouter de la chanson, officiellement « pour ne pas m'influencer ». Mon creux d'inspiration me permit de suspendre momentanément ce diktat et de me replonger dans les profondeurs de ma collection de fichiers. À mon grand soulagement, je n'y trouvais aucune chanson sur les incendies de cathédrales, seulement un titre des Sparks intitulé « As I Sit to Play the Organ at the Notre Dame Cathedral ». J'adore les Sparks, presque autant que les Pet Shop Boys, qui sont leur progéniture illégitime, et la coïncidence me rasséréna. Je ne quittais plus mon casque, me forçant à écouter tout ce qui, a priori, m'était étranger : une certaine chanson française, par exemple, ou bien du rap (je m'étais arrêté à NTM : il y avait du boulot). Je progressais de manière méthodique, guidé par les classements de mon logiciel de musique : je choisissais une catégorie utilitaire – « running and sports », par exemple, ou bien « gaming » – et laissais les algorithmes me guider. Ce travail me prenait un temps considérable : dans le métro, dans la rue et au supermarché, je faisais défiler des bibliothèques entières, retrouvant des artistes oubliés et en découvrant d'autres (si par malheur je tombais sur quelqu'un que j'aimais dans une catégorie que je jugeais infamante, Jimmy Somerville dans « Flashback », par exemple, je bombardais les administrateurs des plateformes de messages auxquels personne ne répondait).

Mais un jour, j'oubliai mon dispositif d'écoute et dus affronter le quotidien sans filtre auditif. Affalé sur la poignée en plastique de mon caddie, je circulais, accablé, dans le demi-jour sonore d'une grande surface : brouhaha d'appels en caisse et collisions de chariots amplifiées par le coffrage métallique. Le nez sur ma liste d'achats, je laissais passer sans relever la tête le petit chapelet de bulles synthétiques diffusé par la sono du magasin, et je ne réagis pas plus lorsque le chanteur fit son entrée : « Tous les deux sans personne... » Ce n'est qu'au « cœur bancal » que, brusquement, je m'immobilisai (au rayon petit déjeuner : on a les bocaux qu'on peut).

Entendre sa discothèque personnelle déborder sur l'espace public est toujours une expérience troublante, mais l'étrangeté est démultipliée quand il s'agit d'une chanson avec laquelle on entretient, depuis l'adolescence, des rapports étroits, une chanson qu'on a écoutée des milliers de fois, dont on connaît la moindre inflexion, le moindre souffle. C'est le cas, pour moi, de « Week-end à Rome », le titre d'Étienne Daho, qui se frayait avec difficulté un chemin dans le vacarme du magasin (comme, pour être exact, l'intégralité de la discographie de ce chanteur).

Principauté, la musique que l'on aime est un territoire ceinturé de défenses qui décourage les invasions étrangères. Parfois, bien sûr, l'enceinte s'abaisse pour de timides ouvertures diplomatiques, initiatives qui prennent souvent la forme d'un don, de cassettes ou de playlists, offrandes qui, on l'espère, seront suffisamment agréables pour justifier un échange d'ambassades. Ces rares contacts mis à part, nous sommes tous des despotes musicaux confinés en nos murs.

Mais ces digues patiemment édifiées sont parfois submergées d'une vague inattendue, une déferlante qui vient rincer nos chemins de ronde d'une mélodie tellement évidente qu'il est impossible de s'en défendre et qu'on se retrouve, en dépit de l'afflux qui monte, captivé par l'harmonie, incapable de considérer autre chose que la combinaison des accords, hypnotisé au beau milieu du courant, sans comprendre que si la chanson s'impose à ce point, c'est qu'on l'a déjà entendue, qu'on la connaît même par cœur, mais qu'on ne peut identifier car elle nous arrive par-delà les remparts, mêlée des fracas du monde.

Nos galeries, nos restaurants, nos bars sont saturés de fantômes, des spectres qui chantent dans le vide en frappant leurs guitares. On passe sans leur prêter attention jusqu'à ce qu'une note, un accent, nous retienne : ces types qui s'époumonent pour personne, perdus dans une foule indifférente, d'un coup, on les reconnaît, et on entonne avec eux des chansons oubliées.

Dans nos villes de bout en bout sonorisées, c'est comme si la musique perpétuelle n'avait d'autre fonction que de nous rendre sourds, tombant en plis trop lourds, en cascade de feutre qui isole le monde derrière un épais mur d'étoffe. Pour se libérer de cette oppressante sourdine, il n'y a d'autre solution que de s'y livrer complètement. Au cœur de ces effusions sonores, les couches d'accords et de rythmes agglomérées se relâchent et s'effilochent jusqu'à esquisser la trame d'une musique nouvelle, aléatoire et atmosphérique.

Cette expérience hypnotique est un peu l'équivalent musical des tableaux aveugles que produit, sous les paupières, la *Dreamachine*, le dispositif génial inventé par le poète américain Brion Gysin. Cela ressemble à un cylindre perforé tournant autour d'une source de lumière. On approche le visage du mécanisme, on ferme les yeux, et l'alternance projetée d'ombre et de lumière forme, à votre insu, des visions fantastiques sur la rétine.

La *dream machine*, c'est avec elle que j'en ai fait l'expérience. Cultivant un intérêt prononcé pour les rêves, les visions et, plus généralement, pour tout le travail qu'effectue l'esprit hors de notre contrôle, elle pratiquait l'appareil de Gysin depuis longtemps. Elle considérait que l'activité onirique était un mode de pensée, ni plus ni moins fécond que le raisonnement conscient. Elle s'en servait pour vivre, et composer. Un jour, un musée lui a proposé de construire une *dream machine* géante, capable d'accommoder trente personnes. L'idée était d'organiser des séances de vision collective en plein air, à la tombée de la nuit. Les sources lumineuses placées à l'intérieur de la machine lui donnaient, au crépuscule, des airs de tabernacle géant. Les spectateurs se distribuaient tout autour de l'engin et elle-même prenait place à l'intérieur du tambour pour jouer les maîtresses de cérémonie mentale. On fermait les yeux, et les inflexions de sa voix accompagnaient celles de la lumière.

Je garde le souvenir d'une expérience beaucoup plus sonore que visuelle. Les palpitations lumineuses proliféraient en tous sens, mais c'était sa voix le vaisseau, c'était elle qui tirait le sillage sur l'eau noire et nous amenait jusqu'aux bords de la conscience. Quiconque a déjà dormi dans une maison lacustre sait combien la proximité du flux aggrave le sommeil. Ce soir-là, son chant avait un pouvoir similaire, c'était une longue vague qui communiquait sa torpeur, un bain tiède et bourdonnant, et je compris pourquoi les hypnotiseurs procèdent en parlant : c'est la litanie ininterrompue de leurs phrases, la mélopée de leurs injonctions, aussi absurdes soient-elles, qui bercent le patient jusqu'à ce qu'il bascule. Elle ne disait pas « Dormez je le veux », mais elle nous enjoignait de lâcher prise et de tendre nos visages aux réseaux qu'éployait sur nous, tels des rideaux de lianes, la *dream machine*. Sur l'aplomb de son souffle je glissais, toujours plus vite, vers le fond d'un puits de lumière qui filait à toute vitesse, mais je chutais sans peur car je savais qu'avant l'impact je dormirais.

J'ai subi, durant la même période, une épreuve inattendue : j'ai dû m'écouter. Personne n'aime le son de sa voix, mais cette répugnance atteint, chez moi, des dimensions paniques : je suis capable de débrancher des enceintes ou d'écraser le bouton de volume pour ne pas m'entendre.

Oubliant, dans un excès d'enthousiasme, cette contre-indication pourtant rédhibitoire, je m'étais engagé dans la réalisation d'émissions de radio. Et, au montage, la réalité m'a rattrapé par la manche. C'était intolérable : dès que retentissait, dans le casque, le timbre monstrueusement difforme qui me confisquait la parole, je me recroquevillais sur mon siège. Mais les émissions se montaient dans l'urgence et mes états d'âme n'avaient pas exactement droit de cité : je serrais donc les dents et laissais la Créature des Marais s'exprimer à ma place. Ses borborygmes m'étaient odieux, ce d'autant plus que je reconnaissais mon visage sous les déformations : je percevais ses contours.

J'enviais les rappeurs et leur *autotune*, ce merveilleux logiciel conçu au départ pour empêcher les fausses notes mais qui, poussé à l'extrême, sature la voix d'effets qui la rendent étrangère, artificielle, comme un visage redessiné par la chirurgie. L'*autotune* arase le timbre : on bouge les lèvres, et c'est un autre qui parle. Le rêve ! J'aurais voulu m'exprimer toute la journée à travers un *autotune*, géniale invention qui permettait de se mettre en congé de soi-même. Ces glissements de spectres harmoniques, c'était l'outil idéal pour une chanson sur la rectification plastique.

Tout un monde dans ton visage fractal
Toujours autre
Diffracté comme un verre de cristal
Toujours haute
Mille silhouettes compressées dans ton corps
d'hôpital
Toujours jeune

Mille vies effacées d'un trait horizontal
Toujours neuve
Je te vois glisser comme une bulle de métal
Si brillante
J'effleure tes traits de momie orientale
Si vivante

La première fois que j'ai entendu de l'*autotune*, c'était dans une chanson de Cher, « Believe ». On approchait de la fin du millénaire et la chanteuse des années soixante, revitalisée par la chirurgie et les boîtes à rythmes, opérait un come-back fracassant. Seules quelques notes du refrain, qui, autant que je m'en souvienne, interrogeaient la possibilité d'une vie après l'amour, avaient été traitées à l'*autotune*, mais l'effet était saisissant, comme si la voix se cristallisait sous l'effet d'un vent gelé puis brisait le carcan de glace dans un tintement d'éclats.

Vingt ans plus tard, ce sont des hommes qui se sont emparés de cette technologie et leur engouement m'a instantanément converti au genre. J'adore entendre, au beau milieu d'une litanie rauque et virile, éclore ces irréelles voix de castrat. Le phénomène m'enchante, j'ai l'impression d'assister à une hantise, au retour d'un peuple oublié qui, en colonne de spectres, revient au seul endroit où on ne l'attend pas, en l'occurrence sous le martèlement électronique et profane des musiques dites « urbaines », qu'il ourle de son lamento sacerdotal. Les castrats n'ont pas sombré, ils vivent toujours, et se sont retirés dans les consoles de mixage. Leurs livrets sont certes un peu moins châtiés qu'autrefois, mais ils psalmodient encore la pompe et les ors, et professent la foi : la tradition est sauve.

Ce nouvel âge des chantres avait beau m'être une joie, je ne pouvais, hélas, en espérer le moindre secours : faire de la radio n'octroyait aucun privilège, et certainement pas de faire retraiter son timbre, encore moins à l'*autotune* (et puis quoi encore ?). En studio, il n'y avait donc d'autre possibilité que d'encaisser ma voix nue, et jamais l'expression ne m'a paru plus juste : il n'y a de nudité que vocale. Tout le reste, corps, visage, cheveux, tout cela se masque et se maquille : mais la voix ? Elle seule trahit, et c'est avec ce reniement qu'il fallait vivre.

Elle ne voyait pas le problème : elle était très bien ma voix, de quoi je me plaignais ? Comment aurait-elle pu comprendre ? À force de s'entendre, elle savait s'envisager sans affect, ce dont j'étais totalement incapable. Mieux : comme un athlète l'est de son corps, elle était curieuse de ses cordes vocales. Quand je me pétrifiais devant l'obstacle, elle, à l'inverse, courait à sa rencontre, poussant sa voix comme on étarque une voile. Son souffle marchait au-devant d'elle et elle le laissait faire à sa guise, s'amusant de ses caprices et suivant ses embardées.

C'était particulièrement évident quand elle enregistrait : elle était alors cet être double, également incarnée des deux côtés du miroir que formait, entre la cabine et le studio, la paroi de verre. Elle chantait, passait derrière la console pour mixer sa voix, puis retournait au micro pour faire une deuxième prise, revenait s'écouter, se jugeait mauvaise, repartait, se ravisait, et moi qui étais passé dire bonjour, moi qu'elle assurait toutes les demi-heures en avoir juste pour cinq minutes, désolée, moi qui m'affalais lentement sur mon siège, engourdi par la chaleur, je me laissais hypnotiser par ce manège, fasciné de la voir, danseuse, se ressaisir à l'infini, esquissant d'une main des gestes qu'elle reprenait de l'autre, ondoyant comme autrefois la gitane sur les paquets de cigarettes, circulant en effusion fuligineuse, courbant et recourbant son souffle tel un fakir sa silhouette, s'administrant sans douleur apparente toute une gamme d'ustensiles, aiguilles rouges, pointes de diodes et potentiomètres, tandis qu'une noria de jeunes gens porteurs de câbles et de bouteilles d'eau allaient et venaient sans un regard pour ses prouesses dont je ne pouvais, pour ma part, détacher mon attention, tentant de comprendre quelle commande agissait sur quel plan, écoutant les prises pour essayer d'identifier les manipulations effectuées, ne parvenant à déceler aucune différence, quêtant un indice dans les courbes qui s'affichaient sur les écrans, n'arrivant, par ce biais, qu'à m'embrouiller un peu plus, me renfonçant sur mon siège en me demandant pourquoi il faisait si chaud dans ces endroits, commençant à trouver le temps vraiment long, me souvenant, dans ma jeunesse, d'avoir lu que des groupes comme Supertramp étaient capables de rester des semaines en studio, refusant de m'inquiéter mais bon, un peu tout de même, n'osant la déranger alors qu'elle taillait et retaillait le son, coupant et recoupant la robe sur elle-même jusqu'à ce qu'elle soit parfaitement ajustée, un œil sur le pli et l'autre sur le miroir, ce miroir où elle jouait alternativement le sujet et le reflet, se déportant, à force d'allers-retours, à l'extrême d'elle-même, élargissant son aire comme un horizon qui se courbe, s'ouvrant en pupille, accueillant tout, vibrante, suspendue, à tel point que je refusais d'être celui qui l'obligerait à redescendre, remisant mon impatience, taxant une bouteille d'eau à l'un des jeunes qui passait, étendant mes jambes et me préparant à patienter cinquante fois cinq minutes désolée on y est presque, ça va ? Oui, ça allait. Très bien.

Quais, talus, levée : tous les ouvrages qui distribuaient le cours de mon existence prenaient l'eau de toutes parts. J'avais beau rabâcher que « vivre et écrire sont deux entreprises distinctes », je me mélangeais de plus en plus allègrement les pinceaux.

L'acmé de cette fête de la confusion fut un Olympia d'Étienne Daho auquel, me sachant amateur, elle me convia. Il faut dire que le dispositif scène/salle participe plus du rêve que de la réalité (combien de nuits avons-nous passées sur des théâtres imaginaires, privés de voix, de vêtements, parfois des deux, sous le regard de spectateurs invisibles ?). Cette rupture avec le monde est encore plus nette passé les immenses lettres rouges qui surplombent l'entrée de la salle du boulevard des Capucines, puisque l'Olympia ne s'ouvre qu'au terme d'un immense couloir déroulant sa pente et s'élargissant en grotte de velours.

Mais c'est l'apparition de la star qui fit basculer la soirée dans l'irréalité la plus complète. Les spots du fond de la scène avaient beau flasher DAHO, j'avais toutes les peines du monde à réconcilier la mince silhouette qui crayonnait leur lumière avec les images accumulées au long d'une vie d'écoute. Ce corps qui se dépliait en pas de danse anguleux excédait celui qui figurait sur les pochettes de disques, et je ne pouvais m'empêcher de replier mentalement son image pour tenter de la conformer à des poses qui m'étaient plus familières – de trois quarts, la tête sur le côté, avec la mèche qui retombe –, ce afin que les lignes dérivantes du souvenir coïncident enfin avec le moment que je n'arrivais pas à vivre. Mais peine perdue, le passé fuyait avec la même vigueur qu'affluait le présent, et le timbre de Daho, dont je croyais pourtant connaître chaque nuance, semblait celui d'un autre : j'identifiais çà et là des accents familiers, mais ils s'évanouissaient presque immédiatement dans le large spectre que déployait sa voix, devenue étrangère par excès de fréquentation. Le hiatus était particulièrement douloureux quand il chantait les chansons que j'aimais : je me sentais alors plongeur sous cloche, le scaphandre choquant contre le verre, tendant une main gantée vers des tableaux inaccessibles de l'autre côté de la paroi.

Craignant d'approfondir la faille jusqu'à l'irrémédiable, je fis en sorte de ne pas rencontrer Daho lors de la fête qui suivit le concert. Dès que je la voyais bavarder avec la star, j'allais me cacher dans une loge, réapparaissant l'air de rien une fois le danger écarté. « En fait, tu es un poisson des profondeurs, soupira-t-elle, consternée. Tu ne sais aimer qu'à l'aveugle. »

Frayer, s'effrayer
Fréquenter les abysses
En touriste

Rôder, corroder
User les nerfs
À vif

Comme si je n'avais rien de mieux à faire que de confirmer ses observations, j'employai les semaines qui suivirent à honorer ma commande radiophonique, dans des studios souterrains et capitonnés. J'écoutais, coupais, montais, puis enregistrais un commentaire pour lier le tout. Et à force de fréquentation et à ma grande surprise, j'ai commencé à supporter ma voix. Oh : un tout petit peu. Sans excès, vraiment. Disons que je parvenais à m'entendre.

Jusqu'alors, j'étais toujours passé en force : à peine ai-je pris conscience du son que rendait mon timbre que je l'ai contrefait, outré, hystérisé. Au karaoké, je me fige, raide et grave, entonnant les succès des années 80 comme si je dirigeais une chorale paroissiale. S'il faut, à l'inverse, parler en public, je monte d'une octave et joue dans les aigus, espérant par ce biais délester ma parole de l'excès de sérieux qui, toujours, menace. Bref, sans trop me l'avouer, je cabotine tout de même pas mal, et c'est sans doute pour cela que m'écouter m'est si pénible : l'enregistrement révèle l'artifice, et je me fais l'effet d'un vieil acteur bourré de tics, roucoulant sans vergogne, jouant des hanches, quêtant le rire et ne reculant devant aucune facilité pourvu qu'elle fasse mouche (applaudissements enregistrés).

Contraint, dans mon studio, de m'exprimer avec retour micro, j'ai dû relâcher la pédale d'effets et baisser la garde. Petit à petit, j'ai commencé à m'entendre. Je me suis même remis à chanter. Fredonner serait plus juste. Chanter, je ne l'ai fait qu'une fois, enregistrant, sur mon téléphone et à son intention, « La Dame du palais du vent », de Francine Cockenpot, l'immémoriale interprète de « Colchique dans les prés ». Le résultat a été si désastreux que je n'ai pas insisté. Le seul répertoire où je fais encore illusion, ce sont les Noëls : mon « Minuit chrétien », je le crois, passe encore la barre.

Bien que le genre soit plutôt réservé à un public averti, j'ai eu, peu de temps après, l'occasion de les débiter, mes Noëls, et en pleine rue, encore. Au printemps 2020, on s'en souvient, toute la France s'est retrouvée claquemurée : il s'agissait d'endiguer la progression moyenâgeuse d'un virus mal connu. Le mot d'ordre était « Restez chez vous », et les quartiers se vidaient. Une crise terrible, bien sûr, mais également une opportunité inespérée, celle de voir un tableau qui ne s'offre qu'une fois par siècle : Paris sans habitants. Pour contempler cette scène mille fois rêvée, j'ai légèrement outrepassé les instructions gouvernementales et entrepris de traverser la ville de part en part (si vous ne saviez pas que les écrivains sont des citoyens irresponsables préoccupés de leurs seuls fantasmes, c'est le moment d'en prendre bonne note).

Le plus troublant, c'était l'affichage : au-dessus des carrefours déserts, sur les boulevards sans plus personne, les panneaux continuaient à dérouler leurs publicités. On entendait, dans le silence, tourner les petits moteurs qui réglaient les séquences. Place de la Bastille, au fronton de l'Opéra, un immense écran annonçait, dans une débauche de lumières multicolores cascadant sur les marches vernies, des spectacles déjà annulés et des chanteurs peut-être, au même moment, en réanimation.

Goûter la pleine étrangeté de l'instant exigeait une certaine concentration, car mille images de villes mortes venaient galvauder l'expérience. Des souvenirs de films – *Vanilla Sky*, *Je suis une légende* – se superposaient sans cesse au paysage, menaçant de ravaler l'expérience au rang de simple reconstitution. Pour ne pas laisser ces bouffées parasites me gâcher le spectacle, je me mis à chanter. À tue-tête, et au hasard. Des scies, des tubes et, donc, des Noëls : tout, vraiment tout. Dissipant le sentiment d'irréalité, l'écho de ma voix donnait consistance au décor. Frappés par mes refrains, les salles du métro et leurs couloirs sinueux prenaient toute leur mesure, et les canyons des rues déployaient leurs gorges.

Assez curieusement, personne ne se montra aux fenêtres, ni pour m'applaudir ni pour réclamer le silence. Quand je reprenais mon souffle, je n'entendais que des sirènes lointaines ou bien, parfois, la basse sourde d'une fête clandestine. Je tendais l'oreille, puis me remettais à chanter.

Il n'y eut aucun amateur pour me reprendre en chœur, ou au contraire m'éclipser de son vibrato. J'aurais bien aimé, pourtant. Entendre une autre voix dans le lointain et, immédiatement, me taire. La suivre à distance, sans venir trop près. L'écouter révéler l'espace, les places, les arcades. Repérer les variations quand elle entre sur une esplanade ou bien, au contraire, s'enfonce dans une ruelle. Tenter de reconnaître ce qu'elle chante et, n'y parvenant pas, m'approcher de la source. La perdre quand elle se tait, prendre la mauvaise direction. La retrouver, rebrousser chemin. N'être plus qu'à quelques rues, fantasmer, échafauder un roman, imaginer les scènes, puis, par peur d'être démenti, laisser la voix s'éloigner. Se retrouver seul, dans la ville silencieuse.

Gorge serrée
Sous tes fenêtres
J'hésite, j'hésite à chanter

Jouer les gondoliers ?
J'hésite, j'hésite
Je ne sais plus faire léger

Ce n'est qu'un peu trop tard que je me suis souvenu que le confinement était contrôlé et que des policiers circulaient pour faire appliquer les consignes. Or j'avais très largement dépassé la limite fixée à toute sortie de domicile – une heure et un kilomètre à la ronde –, et, au lieu de raser les murs, m'époumonais sans retenue. Les agents n'ont eu qu'à me cueillir mais, privilège de l'inconscience, m'ont relâché sans contravention : peut-être les avais-je divertis, ou bien, plus vraisemblablement, avaient-ils l'ordre de se concentrer sur les menaces réelles et pas sur les types qui pétaient gentiment les plombs ?

J'ai donc continué ma traversée de Paris, troquant le chant pour le monologue. Moins par prudence, je dois l'avouer – le fait d'avoir échappé à l'amende m'avait conféré un sentiment d'impunité – que par désir de doubler, en voix off, les magnifiques travellings que déroulait pour moi la ville et dont je réglais le défilement en marchant. Sur les noms de rues et les plaques commémoratives, j'improvisais des récits, inventant des exploits aux individus dont je déchiffrais les patronymes, brodant sur une date, un événement et propulsant les personnages ainsi silhouettés sur l'immense scène qui s'arrondissait devant moi, leur prêtant faits et gestes avant, soudain distrait, de me détourner vers un café aux vitres bouchées d'empilements de chaises, ou bien vers une façade aux volets tirés, décors dépourvus du moindre intérêt mais qui, pour moi, prenaient un relief particulier car ils avaient accueilli des épisodes de ma propre existence, des saynètes que j'entreprenais immédiatement de raconter à voix haute et que l'écho des porches et des entrées de parking amplifiait à des hauteurs tragiques, presque mythiques, haussant les rencontres dont je gardais le souvenir et parfois la nostalgie au rang de véritables fresques, alourdissant ces tableaux de draperies trop lourdes, arrêtant leur tremblement, figeant la pose et bousculant, par excès de solennité, les romans que je finissais par abandonner, inachevés, telles ces guirlandes qu'on laisse, après Noël, pendre sur les boulevards.

Ma mémoire refusait la rampe et reculait vers l'ombre, fuyant la netteté tel un voleur la lumière, manquant à mes paroles et m'asphyxiant d'une panique inconnue. À l'entendre ainsi proféré, mon passé se déformait pour devenir petit à petit odieux, idiot, sans objet, comme si le son de ma voix était un agent oxydant qui effaçait les contours et noircissait les couleurs. C'était la limite de l'harmonie retrouvée avec mes cordes vocales : je pouvais à la rigueur m'écouter, mais seulement si je parlais d'autre chose que moi-même. Sinon, c'était le larsen assuré.

Désormais silencieux, je poursuivis ma progression dans ce Pompéi sanitaire qu'était devenu Paris, imaginant, derrière les murs du Louvre, les galeries sonores résonnant des pas des gardiens de même que les arcades, rue de Rivoli, répétaient les miens tant et si bien que c'était comme si un espace, insensiblement, conformait l'autre et que le musée, en nappe de brume, gagnait sur la ville, assourdissant les bruits, ralentissant l'allure et réglant si bien nos habitudes que tous, désormais, nous nous comportions en visiteurs, marchant lentement, les mains derrière le dos, et faisant des haltes pour déchiffrer les cartels.

À petits pas, je continuai mon périple, doublant des salles de cinéma et me demandant si, à l'intérieur, les équipements n'étaient pas en train de se détraquer faute de supervision, tournant à vide et projetant des films sans que personne s'en rende compte, et peut-être les images finissaient-elles par s'abîmer à force de passer et repasser en boucle sur les écrans, et j'aurais donné cher pour voir ces pellicules altérées par des semaines d'exposition ininterrompue.

Dépassant le Bristol, plus loin le Ritz, le Prince-de-Galles, je me figurais le quotidien des hôtes célèbres piégés dans ces palaces, traînant dans un bouillonnement de draps et de serviettes que, faute de personnel, on ne changeait plus qu'un jour sur deux, puis sur trois, slalomant, sur le trajet qui allait du lit à la salle de bains perpétuellement humide des ablutions que, par manque de distractions, on y pratiquait sans cesse, entre les poubelles débordant d'emballages de sandwichs et les bouteilles d'eau vide. Personnages involontaires de ces tableaux de déchéance, les résidents coincés dans ces cinq-étoiles étaient certainement des individus très ordinaires, des PDG et des banquiers ne connaissant que les décors immaculés et les journées réglées au millimètre mais qui, d'un coup, se retrouvaient à jouer les figurants d'un remake de *Hollywood Babylon*.

J'ignore quand je me suis remis à soliloquer, mais lorsque j'en ai enfin pris conscience, le processus était manifestement engagé depuis un petit moment et, sans doute inspiré par ces visions de déliquescence, j'étais en train de raconter à voix haute l'histoire de cette princesse saoudienne que j'avais traquée quelques années auparavant pour un magazine (quand je ne viole pas les couvre-feux, je suis journaliste). Répudiée à Riyad par son prince de mari, l'altesse était restée des mois à vivre sur sa bonne mine dans des cinq-étoiles parisiens, accumulant des dettes colossales et tenant haut un rang qui, en Arabie, n'était plus, mais qui, en France, continuait à impressionner, jusqu'à ce que la publication de mon article oblige le royaume à mettre fin à son itinérance hôtelière, régler la note et rapatrier Sa Très Dispendieuse Majesté.

Réverbéré par le bâti, le récit de cette femme traînant ses suivantes, ses sacs et ses malles d'un palace à l'autre sonnait comme la bande-son d'un film de Marguerite Duras, et cela s'accordait si bien avec le lent défilé des façades qui allongeaient, rue Bayard, rue Marbeuf et rue de la Trémoille, leur luxe aveugle que je poursuivis mon monologue aussi longtemps que je le pus, pastichant sans vergogne le rythme et l'accent de Duras, répétant où aller elle ne sait pas choisir elle ne sait pas, accompagnant mes phrases de trottinements sonores pour manifester le martèlement angoissé des talons de mon personnage sur le trottoir des rues François-Ier, Jean-Goujon et Pierre-Charron, psalmodiant on a toujours choisi pour elle maintenant elle voudrait mais comment elle ne sait pas vers où elle ne sait pas, tenant la note, appuyant mes effets, entièrement pris à présent, montant mon film en direct, coupant et recoupant les plans en même temps que j'improvisais le commentaire, tout ça sans comédiens c'était plus simple et j'étais sûr que, là où elle était, Marguerite approuvait, n'avait-elle pas réalisé un film où elle tenait elle-même le premier rôle, racontant face caméra une histoire de femme folle, avec seulement Depardieu pour jouer les commodités ? Cela valait bien tout le cinéma qu'à grands gestes j'extirpais de mon chapeau tandis que, ma princesse sous le bras, j'obliquais vers l'avenue Montaigne, où les couturiers avaient tiré les auvents multicolores de leurs boutiques et tombé leurs rideaux, mais comment aurait-elle fait la différence ? Toujours, nuit et jour, on avait ouvert les magasins pour elle, toujours, on s'était incliné, on avait tiré les portes, et maintenant plus personne, tout ce monde qu'elle avait fui, c'est elle qu'il fuyait, quelques-unes de ses suivantes, déjà, avaient disparu, qui avec un sac, qui une malle, alors elle se laissait tomber sur un banc et j'ôtais mes lunettes comme si c'était une énorme paire de verres noirs, et je me frottais les yeux du bout des doigts, et je répétais elle ne sait pas elle ne sait pas sauf qu'à force, évidemment, j'ai fini par ne plus bien savoir moi-même, manquant d'idées pour relancer la machine, et c'est finalement en queue de poisson et faute de carburant qu'a pris fin mon grand œuvre durassien, à peu près à l'angle de l'avenue Montaigne et de la rue de Marignan.

Je continuai ma route avec, dans l'oreille, le timbre de mon modèle, l'un des très rares écrivains, je me répète, à avoir imposé sa voix, au point que c'est elle qu'on entend, derrière la phrase, quand on lit ses livres. Elle a laissé une chanson, « India Song », mais n'a jamais chanté elle-même. Elle a fait bien mieux : par un très lent processus de capillarité vocale, Marguerite Duras a réussi, à force d'en parler, à saturer d'elle-même une chanson dont elle n'était ni l'auteur ni l'interprète, un tube des années cinquante chanté par un homme : « Capri », d'Hervé Vilard. Et ce hold-up est tellement réussi qu'aujourd'hui encore il suffit de parler la chanson, de dire « Nous n'irons plus jamais, où tu m'as dit je t'aime » pour qu'insensiblement l'accent et le rythme de Duras conforment le reste de la chanson, que la répétition des « plus jamais » devienne existentielle et fatale et que, vraiment, ce soir, ce ne soit plus la peine.

Ce rapt de Vilard par Duras, c'était vraiment le crime parfait. Remontant l'avenue George-V, j'essayais d'appliquer la méthode à d'autres chanteurs pour voir si on pouvait, en les déclamant, transmuter Goldman ou Balavoine en Koltès, mais ça marchait, il faut le reconnaître, plutôt moyen. Dès que les paroles étaient trop écrites, elles semblaient, récitées, de mauvais pastiches. Dieu sait que j'aime Polnareff, mais soliloquer « Le Bal des Laze » dans une rue vidée par la quarantaine n'est pas faire honneur à son génie. « Le Grand Sommeil », à l'inverse, célébrait notre apocalypse : je ne peux plus me réveiller, rien à faire, les phrases de Daho roulaient contre les volets de fer des boutiques, sans moi le monde peut bien tourner à l'envers, et petit à petit, elles perdaient toute valeur sentimentale pour devenir des imprécations à la face du monde, tout ce qui se passe au-dehors m'indiffère, que le monde saute ce n'est pas mon affaire, tout Paris refluait au souffle de cette malédiction, mais celui qui l'avait prononcée n'en était pas plus heureux pour autant, oh non, il était lui-même la proie des affres, engourdi par le sommeil et prisonnier de son lit, il restait entortillé dans ses draps et sa vie était un enfer. Alors il prenait la résolution de précipiter tout le monde, lui le premier, dans le néant, il disait j'aimerais que cette nuit dure toute la vie et c'était une véritable invocation, il voulait que l'obscurité recouvre la Terre, il voulait le noir, pour toujours et pour qu'enfin toutes les nuits durent toute la vie. Nerval, au minimum : Blake, même, peut-être.

Au bout des Champs-Élysées, je traversai, pour la première fois de ma vie, la chaussée de la place de l'Étoile, sans jeter un regard ni à droite ni à gauche. J'allai me poster sous l'Arc de triomphe, où le drapeau battait encore, et je criai du plus fort que je pus : dans ce dancing sans danseur, sous la boule ronde… Christophe, le chanteur, était à l'hôpital, frappé par le virus qui scellait la ville, et l'orchestre dans un habit un peu passé jouait le vide de la vie, désintégrée. Je n'avais pas de veste, pas plus noire que rose, mais dans le luxe qui s'effondrait, j'étais assurément morose.

La dernière fois que j'étais venu sur les Champs-Élysées, c'était avec elle et, déjà, c'était la guerre. Elle devait chanter au Petit Palais, dans la grande salle aux baies ouvertes sur les jardins de l'avenue, mais le quartier était envahi de manifestants et la police l'avait préventivement bouclé. On était passés, malgré tout, et elle a improvisé un petit concert avant que le service d'ordre, passablement sur les dents, ne fasse déguerpir tout le monde. Foutu pour foutu, on a alors opté pour une promenade en zone interdite. Le bas des Champs et les abords de l'Élysée étaient déserts mais, plus haut, au-delà d'une barrière de murs mobiles percés de meurtrières, une foule compacte affluait. Dépassant l'enceinte érigée par les CRS, nous nous sommes mêlés à la cohue. Son blouson de fausse fourrure tranchait sur le jaune fluo de la manifestation, mais ni elle ni moi ne nous en soucions, avançant vers l'Arc en prenant soin d'éviter les vagues d'assaillants qui montaient à tour de rôle à l'assaut des vitrines et contournant les groupes manœuvrant leurs bannières, grisés par le désordre comme par une bonne herbe, riant beaucoup, chantant un peu (elle surtout, et on lui souriait), jusqu'à arriver, à l'angle de l'avenue George-V, devant des ruines fumantes, celles du Fouquet's, ou plutôt de ce qu'il en restait, vitres défoncées, salle saccagée, avec, tout autour, une phalange manifestement décidée à finir le travail et que repoussaient à grand-peine une dizaine de flics en civil.

Descendant un an plus tard cette même avenue, je suis passé devant le Fouquet's, refait à neuf, plus loin le Petit Palais, maquette d'architecte. Je récitais toujours du Christophe, ce trottoir quelle galère, mais j'avais beau chercher dans toutes les directions, pas le moindre mec pour me r'garder, même le joggeur croisé à la Concorde ne m'avait pas remarqué. Alors je me suis remis à chanter, sourdement, pour personne, pas même pour moi qui m'écoutais à peine, juste pour entendre ma voix, tel un enfant qui s'ennuie en voiture, et je ne me souviens plus des paroles, que j'assemblais au hasard, encore moins de la musique, échos de mélodies connues, mais je me souviens en revanche que j'étais ému, de plus en plus, que j'avais même la gorge serrée, tant et si bien que les mots s'amalgamaient dans ma bouche et que rue Royale, rue Saint-Honoré, rue Saint-Roch, mes vocalises devenaient de plus en plus inarticulées, du yop, aurait dit Christophe, qui avait commencé sa carrière en usant de cet anglais contrefait, et voilà qu'à force de fredonner j'étais boulevard des Italiens, et que, pris dans mon élan, je cherchais le bar ouvert, celui de la chanson, où la musique sonne super, mais rien, le désert, pas plus de fille que de flipper, juste deux trois passants, les premiers depuis l'Étoile, qui me lançaient des regards hostiles par-dessus leurs masques chirurgicaux (j'avais ôté le mien pour chanter). Pas besoin de se parler, il était manifestement temps d'arrêter mon ciné. Je tournai le dos à l'avenue de l'Opéra où l'ombre des grands réverbères jetait une procession funèbre, et repartis vers l'est.

La lumière déclinait sur les artères haussmanniennes et les rues, à mesure que le crépuscule tombait, ressemblaient de plus en plus à des allées de cimetière, les immeubles à des caveaux. Les habitants confinés n'avaient pas encore allumé leurs appartements et les façades étaient noires. Des bus intégralement vides filaient à tombeau ouvert, dépassés par des coursiers casqués de noir, et je commençais à goûter ce décor de série B, cette mise en scène outrancière, ces formes confuses qui cahotaient au loin, émergeant d'outre-tombe, et ces merles noirs qui sautillaient sur le bitume dans un horripilant cliquetis d'ongle. Les grincements réverbérés par les porches vides me faisaient sursauter et, croyant avoir entendu respirer, je braquais la torche de mon téléphone dans des encoignures. Dans mon esprit passablement échauffé, les rumeurs les plus vagues devenaient des maraudes de hordes furieuses ou bien des psalmodies de prophète échevelé : « Toute la nuit je fais sonner mes chaînes », aurait chanté Daho (et pourvu qu'il ne lui arrive rien, à lui, ça serait complet).

C'est devant la gare de l'Est semblable à un paquebot en quarantaine que, d'un coup, s'est déclenché l'éclairage public, révélant, en lieu et place du grouillement fantastique dans lequel je me débattais depuis un bon kilomètre, un quartier réduit à sa pure minéralité, sorte d'Atlantide lavée de toute présence, luisant sous la lumière électrique. C'était vraiment « 4 000 années d'horreur », la chanson de Daho précitée : l'orbe des réverbères agençait le paysage de pierre en un immense domaine, un château de conte de fées qu'un sort fatal avait vidé et qui déployait ses couloirs déserts et ses terrasses encombrées de feuilles mortes. Et je me racontais des histoires de temps arrêté et de quadrilles de spectres qui, à date fixe, se ranimeraient pour virevolter en automates sur les grandes esplanades du 10e arrondissement vernies d'orange par les lampadaires.

Paris apocalypse
Bal masqué
Paris *Titanic*
Bal noyé

J'essayai, bien sûr, d'entrer dans la gare – le moyen de résister ? –, mais le site était hérissé de défenses particulièrement retorses, et je dus renoncer. Aux Halles, plus tôt, j'avais déjà dû battre en retraite après avoir essayé de rejouer *La Nuit des morts-vivants* dans les galeries désertées. Tous ces centres commerciaux dérivaient sans but comme le faisaient, en haute mer, les navires remplis de touristes malades, et seuls quelques rares agents y descendaient en catimini, principalement pour vérifier que les systèmes d'incendie ne se déclenchaient pas sans prévenir et que les espaces de vente restaient à température. Jamais l'économie marchande ne m'a paru si vulnérable : il aurait suffi que des révolutionnaires facétieux introduisent quelques portées de lapins dans ces volumes déserts pour non seulement endommager les stocks piégés dans les réserves, mais probablement aussi tous les systèmes électroniques installés par les bailleurs et dûment valorisés dans les foncières cotées en Bourse.

On me jugera bien désinvolte, à divaguer ainsi en pleine épidémie, et je ne vais pas m'en défendre, la légèreté est mon principal trait de caractère. Qu'on se rassure cependant, les grands équilibres ont été promptement rétablis et le tragique est revenu au galop : Christophe est mort deux jours plus tard.

Comme nous visiteur
Un peu menteur.

Comme à tant d'autres, pendant ce renfermement, on lui demandait de chanter à distance, depuis son salon, et c'était poignant de la voir, elle aimait tant la scène, les robes lamées et la lumière, s'accompagner sans maquillage et sur canapé. Elle le faisait avec grâce, riant de sa gêne, et j'essayais de me figurer ce que ça pouvait représenter pour elle, se produire ainsi, à l'aveugle, sans un applaudissement. Moi c'était normal, je ne connaissais rien d'autre, mais elle ? Chanter comme j'écrivais, sans public ni retour ?

Les DJ, eux aussi, mixaient à domicile, et c'était irréel de voir ces types qui, vingt ans durant, avaient surfé sur une mer de bras en l'air, agiter désormais la tête en silence dans leur salon. Le pape, de son côté, bénissait urbi et orbi une place Saint-Pierre intégralement vidée et sa voix, décuplée par un système sonore conçu pour les foules, prenait sous les colonnes du Bernin une ampleur terrifiante, tandis qu'à des milliers de kilomètres, dans l'enceinte de la mosquée Al-Harâm de La Mecque, vingt imams psalmodiaient sans fidèles dans des salles immenses que les caméras de la télévision saoudienne, n'ayant le droit de ne rien montrer d'autre, filmaient champ-contrechamp avec, de temps en temps, pour varier, un plan de coupe sur la Kaaba qui, sans pèlerins pour remplir l'immense cour dont elle occupait le centre, semblait presque un jouet.

Dans le temps démesurément distendu du confinement, je me laissais hypnotiser par les images de ce dédale de marbre baigné de lumières verdâtres, tant et si bien que je finis par y superposer, presque sans réfléchir, la phrase qui ouvre le film d'Alain Resnais, *L'Année dernière à Marienbad*, et qu'en pleine nuit, face à mon écran, je me mis à réciter :

une fois de plus je m'avance,
une fois de plus, le long de ces couloirs,
à travers ces salons, ces galeries, dans cette
construction

d'un autre siècle, cet hôtel immense, luxueux,
baroque,
lugubre, où des couloirs interminables
succèdent aux couloirs,
silencieux...

J'adore le film, je connais le texte par cœur, et il s'accordait si bien avec les litanies des muezzins et les interminables travellings de la Saudi Broadcasting Corporation que, m'animant, je me mis à improviser face à ma télévision, me servant de la phrase à éclipse d'Alain Robbe-Grillet comme d'un canevas, une « grille d'accords », aurait dit un musicien (mais je crois avoir suffisamment prouvé que je n'en suis pas un) :

sur ces sols brillants
vernissés,
sous ces lustres immenses, ces arcs brisés, ces
portiques,
dans ces salles aveugles, aux murs ornés de
festons abstraits,
complexes, dorés
dans ces couloirs où tournent des ventilateurs
inutiles

et où les pas de celui qui s'avance sont absorbés
par des tapis
de prières
des tapis s'allongeant entre deux rangées de
gardes immobiles
sentinelles masquées à l'angle des couloirs
figés
veillant sur des aires immenses et si
parfaitement vides
que la lumière s'y diffuse en flaques qui
semblent verser les unes dans les autres
comme des bassins
des bassins dont les formes paraissent, pour
celui qui s'avance, grossièrement circulaires
comme ces coupoles qui coiffent les bâtiments
comme ces arcs, outrepassés
comme ces galeries, enfin, ces galeries où je
m'avançais une fois encore…

Etc., etc. Nous avions tous du temps à perdre, et je meublais le mien avec ce slam d'un genre un peu particulier, conscient cependant qu'il lui manquerait toujours quelque chose, un écho, une réponse, car le livret de Robbe-Grillet n'est pas, contrairement à ce que l'on pourrait croire, un monologue, mais bien un dialogue, le narrateur s'adressant à quelqu'un, une femme, et celle-ci lui répond, même s'il serait abusif de parler de conversation, ses interventions se limitant, pour l'essentiel, à des « laissez-moi », des « ce n'est pas vrai » et autres « je ne sais pas ». Dans le film, c'est Delphine Seyrig qui tient le rôle, et c'est sa voix, postsynchronisée, qui donne la réplique, avec ce soupçon d'accent bâlois qu'elle a conservé toute sa vie et qui la faisait, par endroits, chasser sur l'aire des mots comme une voiture sur la neige, une voix de traîne, comme on le dit d'un ciel, une voix dont l'arrêt formait, à Paris, un imperceptible palier sur le trajet du tramway T3B puisqu'elle y annonçait, avec une ironie légère, l'arrêt qui porte son nom, une voix dont la pente me ramenait insensiblement vers une autre, plus ample que celle de Delphine Seyrig, plus souple aussi, une voix d'allonge, et non plus de traîne, une voix que j'aurais bien aimé faire entrer dans mon slam pour mosquée déserte mais qui, hélas, s'était éloignée, isolée des écrans, diluée dans le bourdonnement généralisé, une voix dont j'entretenais le souvenir en écoutant ses disques mais qui, malgré ma vigie, perdait peu à peu ses contours, filtrée par les micros et délayée par les connexions, une voix qui se retirait comme la mer, ne laissant derrière elle qu'un estran détrempé, une plage bruissante de courants invisibles.

Fondre, s'effondrer
Glisser sur l'orée
De la cornée
Clignoter
S'effacer
Etc.

Durant toute cette période, je n'ai cessé d'écouter une chanson de Bertrand Burgalat. Elle disait vous êtes ici, place d'Italie, vous êtes ici, c'est Google Earth qui le dit, vous êtes bien là, dans cette chambre aux rideaux cramoisis... Texte, musique, tout était parfait, mais c'était surtout la voix, crânement frêle, qui l'emportait : j'aime le timbre « bougé », et j'adore la musique, insidieusement romantique, de Burgalat. Je répétais indéfiniment la lecture, transformant, petit à petit, la musique en espace, accentuant, par la reprise, le relief, creusant les descentes et accentuant les montées, jusqu'à ce que le désir, par une sorte de réduction chimique, se loge tout entier sur une poignée de notes, voire sur une seule, stratégiquement située sur les crêtes de ce paysage harmonique

que mon écoute obsessionnelle avait fini par transformer en panorama.

Il était, on l'a compris, plus que temps de prendre l'air mais peine perdue, j'étais coincé, j'étais ici, comme le chantait Burgalat, c'était ma chambre, c'était mon lit. Pour s'échapper, tout le monde s'était mis à pratiquer une activité manuelle : qui cousait des masques et qui cuisinait des petits plats. Mon propre ouvrage, à l'inverse, prenait la poussière sur l'établi : sa destinataire, à la tour confinée, était devenue inaccessible, et mon entêtement à lui écrire des paroles virait doucement à la lubie, mes couplets n'étant même plus chantés mais seulement murmurés, rabâchés par un homme qui parlait tout seul, comme s'était mise à le faire la majorité de la population, rendue folle par l'isolement, l'incertitude et, plus largement, par l'immobilité de ces jours qui s'épanchaient en nappe, noyant toutes velléités sous les ressacs vaseux de leurs mols clapotis.

C'était le moment de se ressaisir : n'importe quoi plutôt que cet engourdissement. Et n'importe quoi ce fut : cherchant un champ d'activité libérateur, j'élis, sur un coup de tête, le rap.

Attention ! Il s'agissait seulement d'écrire des *lyrics*, pas de déclamer devant ma glace. J'ai passé l'âge, et je connais mes limites. Quiconque m'a bien regardé sait que le rap n'est pas mon univers.

C'est mon travail de jour qui, avant la pandémie, m'avait introduit. Au cours d'une très longue enquête sur un entremetteur africain (je vous épargne les détails, après j'ennuie), j'avais été amené à m'intéresser aux affaires de quelques grands noms du genre. Mon incongruité, ma méconnaissance totale des productions des uns et des autres avaient diverti, et on m'avait prié à quelques soirées.

Et moi, j'avais tout de suite aimé ce demi-monde d'avocats et de promoteurs qui grouillaient autour des têtes d'affiche, tout ce désordre de manageurs le disputant aux *beatmakers*. J'avais aimé le molletonné des vêtements trop amples, les soirées à trente sur des canapés, le nez sur des téléphones aussi grands que des gaufres, et les clashs aux accents de défis de catch (je croyais parfois entendre, dans les vidéos d'algarades entre rappeurs, les « ooh » et les « ahhh » qui accompagnaient, aux combats organisés par la World Wrestling Federation, les *power slams* et les *monkey flips* des adversaires costumés). Bref j'aimais tout ce barnum, cette pose et ce faux-semblant, et je l'aimais d'autant plus qu'il se pratiquait au nom d'une seule valeur : l'authenticité.

Partout manifeste, cette obsession du vrai s'affichait notamment dans les *lyrics* : « brut », « direct », « sans filtre », on ne comptait plus les métaphores de la sincérité et tout, jusqu'au processus d'écriture lui-même, se devait d'adhérer à cette vertu cardinale. Il était impensable qu'un rappeur demande à un autre d'écrire ses textes : les mots devaient venir du cœur, de l'expérience, de la rue, bref, exprimer de la manière la plus franche possible la réalité d'un individu. Constitutive de la variété, la profession de parolier était, dans le rap, honnie : officiellement, elle n'existait même pas.

Évidemment, quand on creusait, cette belle unanimité vacillait un peu et on finissait par apprendre que certains artistes, peut-être, à l'occasion, avaient pu faire appel à des plumes extérieures (on disait *ghostwriters*). Mais pas ici ! Ailleurs ! Aux US ! Rien de plus suggestif que l'hypocrisie : je me mis à fantasmer à plein tube.

Faute d'information solide sur les auteurs mystères que j'imaginais cachés derrière chaque rappeur, je nourrissais mes rêveries de lectures anciennes, et plus particulièrement du souvenir de Jean Lorrain, un nouvelliste précieux du dernier XIXe siècle qui, à force de compliquer son désir de paradoxes insensés, s'était mis à écrire des goualantes pour chanteuses réalistes, et notamment pour Yvette Guilbert, une proto-rappeuse. Œuvre d'un poète gay calfeutré parmi ses collections, les chansons de Lorrain avaient étonnamment prospéré sur les faubourgs, où grisettes et pierreuses avaient plébiscité (quoi d'autre ?) leur « véracité ».

Vous me voyez venir avec mes gros sabots : si Jean Lorrain avait pu le faire, pourquoi pas moi ? Du fond de ma cellule me reprenaient de vieux désirs, des projets d'effacements entrepris, puis abandonnés, quand j'étais plus jeune. À l'époque, j'avais essayé de me faire embaucher en tant que plume mercenaire par tout ce que Paris comptait d'éditeurs à la chaîne, m'ambitionnant manœuvre chez ces débiteurs de mots, aspirant à une vie grise et sans attributs, capable de suivre toutes les pentes, une vie absolument libre parce que radicalement impersonnelle, une vie à pas chassés, aussi légère qu'une effusion de poussière. Las, les portes des industriels de la phrase m'étaient les unes après les autres retombées sur le nez (je ne les blâme pas, je n'avais rien à leur offrir que ma bonne mine). Alourdi par ces échecs, j'avais dû me résoudre à porter mon nom, parler à la première personne et m'inventer un futur.

Le rap pouvait être l'occasion de rejouer ce vieux match, et cette fois-ci dans l'équipe gagnante. C'est tout du moins ce que je me racontais entre mes quatre murs, tournant et retournant, comptant les heures et rallongeant, à force de détours, le trajet quotidien qui menait de chez moi au supermarché. Je me rêvais requin de studio, ingénieur de la phrase comme il en existe du son, et, sur le chemin tristement dénué d'embûches qui allait de ma chambre à la cuisine, je combinais mille saynètes à base de stars musculeuses, d'entourage innombrable et de choristes sculpturales, tableaux inspirés des clips de rap que je m'étais mis à visionner à haute dose, prenant toujours soin de me réserver, dans ces rêveries fluo, un caméo de quelques secondes, une apparition où l'on me voyait fugitivement, mais d'un air nettement entendu, faire tapisserie.

Et je débitais du *lyrics* au mètre, m'inspirant de mon quotidien momentanément gelé et, plus largement, de tout ce qui traversait ma tête ou mon champ de vision.

Annulé
Ta vie, annulée,
Pausée, freezée
Les autres
Relégués
Jusqu'à nouvel ordre
Fermés

L'exercice était relativement nouveau pour moi : le rap peut servir d'exutoire aux jeunes bourgeois injustement sevrés de problèmes, mais ça n'a jamais été mon cas. Je ne m'étais jamais rêvé en héraut du béton, je n'avais jamais porté de jogging relevé sur les mollets ni psalmodié de *lyrics* en boxant dans le vide. Ma révolte à moi était plutôt passée par le *dancefloor* et les compositions élégiaques matraquées de boîte à rythmes que l'on dansait tout raide, les bras en l'air et les larmes aux yeux. Le lexique, les usages : tout, dans le rap, m'était étranger. Craignant que cette inexpérience ne me porte à singer l'existant, je m'interdis de réfléchir et, de tout ce qui passait à ma portée, fis prétexte à rhapsodie.

Message du gouvernement
Distance
Message du gouvernement
Défense
Message du gouvernement
Patience

Confiance, urgence, silence

Mais ma production sonnait empruntée et, pour tout dire, littéraire. Or il suffit de visionner n'importe quelle chaîne YouTube pour constater que les temps sont à autre chose : phrases concassées, formules ramassées jusqu'à l'abstrait. Le rap d'aujourd'hui est un rap de mots-clefs, prédécoupés pour les réseaux sociaux, un rap avec balises intégrées, où chaque expression est potentiellement précédée de ce signe dièse qui, sur les messageries instantanées, identifie les tendances du moment. Comme la musique qui les accompagne, faite de superposition de filtres, les rappeurs procèdent par requête et addition de catégories : la structure de leurs *lyrics* imite celle des recherches sur Internet, et le résultat est parfois tout aussi désordonné. Il faut se mettre à leur place, ils n'ont pas le choix : c'est sur Twitter et Instagram que se vend leur musique. Alors ils s'adaptent et compressent leurs harangues en 280 caractères et 60 secondes, seuls formats autorisés sur ces plateformes. À l'apparition du disque, les stars du music-hall ont connu le même dilemme : d'un coup, il avait fallu faire entrer au chausse-pied un tour de chant sur une face de 45-tours.

Ces contraintes industrielles, très lourdes, pouvaient générer des textes dont l'obscurité n'a parfois rien à envier aux chansons de Noir Désir (ne cherchez pas : un groupe pénible de ma jeunesse). Je choisis pour ma part de ne pas descendre en dessous d'un certain seuil d'intelligibilité, recyclant les mots apparus durant le gigantesque tournage de science-fiction dont nous étions les figurants.

Virucide
Mon flow
Trucide
L'ego
Élucide
Chaos
Suicide
Kapos

Lorsque les parcs, puis les bars ont prudemment rouvert et que j'ai petit à petit cessé d'être le seul à traîner dehors, j'ai voulu aller jusqu'au bout de mon projet et tenter de placer mon stock de bouts-rimés auprès de professionnels du *game*, si l'on veut bien me passer l'expression.

Je savais d'expérience qu'écrire pour quelqu'un nécessite du tact. J'avais, vers la fin de sa vie, fréquenté l'un des derniers grossistes en fiction française : espionnage, érotique, policier, science-fiction, l'homme avait tâté à peu près tous les genres et son nom, au fil des années, s'était mué en marque. Diminué par l'âge, il continuait malgré tout à régner sur son petit empire et à publier ses livres. Ceux qu'ils signaient étaient, j'en étais sûr, écrits par d'autres, et je brûlais de participer à l'entreprise. Au cours d'un déjeuner à la table qu'il réservait à l'année dans un restaurant des Grands Boulevards, j'avais pris mon courage à deux mains et lui avais proposé mon concours. J'aurais tout aussi bien pu le gifler : il était devenu blême. Reprenant progressivement contenance, il m'avait expliqué, sifflant de mépris, qu'il écrivait ses livres lui-même, merci bien jeune homme, qu'il les avait toujours écrits seul, quoi qu'en pensent les jean-foutre de mon espèce, et qu'il continuerait à le faire jusqu'à son dernier souffle. S'il avait encore eu l'usage de ses jambes – il ne se déplaçait plus qu'avec un déambulateur –, il se serait levé et m'aurait planté là.

Instruit par cette expérience – j'avais encore dans la bouche le goût amer des profiteroles qu'on nous avait servies juste après cet incident et qu'il avait fallu déguster dans un silence polaire –, je m'étais promis d'éviter les démarchages trop grossiers. Pour promouvoir mes talents de *lyricist*, j'ai donc volontairement limité ma campagne à une combinaison d'allusions discrètes et de signaux choisis. Une stratégie hélas trop subtile car elle manqua totalement son but et me laissa, seul et tortillant, au bord d'une piste de danse où personne ne m'invitait.

Il faut reconnaître que, de mes *lyrics*, mes nouvelles fréquentations se fichaient pas mal. Ce qu'ils goûtaient, c'était toute la bimbeloterie de petites histoires que je traînais dans mes poches, et tout particulièrement la cliquetante ferraille de potins d'Afrique dont mon travail de journaliste me fournissait un stock de première fraîcheur. Fréquentant les palais équatoriaux (ils animaient régulièrement mariages et anniversaires pour les familles présidentielles), les vedettes du rap étaient capables de disserter pendant des heures sur telle ou telle personnalité du continent, spéculant à l'envi sur sa sexualité et sa fortune, sollicitant ma confirmation quand un détail particulièrement baroque suscitait leur incrédulité, ou me renvoyant au contraire dans les cordes quand je refusais d'accréditer la réalité de certaines histoires. En lieu et place du rôle de MC fantôme que je m'étais taillé sur mesure, je me retrouvais à jouer les croupiers, distribuant les récits comme des cartes, et resservant les joueurs qui, insatisfaits de la donne, tapaient impérieusement sur la table.

Au fil des heures, les conversations sur les présidents africains s'hybridaient de digressions sur d'autres figures, sportifs ou musiciens, mais il arrivait toujours un moment où, dans le flot toujours grossissant d'anecdotes, surgissait une histoire congolaise. Alors c'était la ruée : ils avaient beau avoir grandi à Trappes ou Boulogne, et moi dans une petite ville du Val de Loire, nous nous bousculions pour placer notre couplet au-then-ti-que sur Koffi Olomidé, Papa Wemba ou JB Mpiana, les mégastars qui avaient noyé l'Afrique sous un déluge de guitares acides et de rythmes programmés. D'où tout cela sortait, je serais bien en peine de le dire, mais chacun d'entre nous jouait des coudes pour essayer d'en placer une et se trouvait, la bouche à peine ouverte, interrompu par d'autres qui contestaient vivement l'exactitude des faits avancés et prétendaient, eux, connaître la vérité, qu'ils tentaient immédiatement d'exposer, ne parvenant, dans un concert de railleries, qu'à énoncer une amorce de préambule, vigoureusement dénoncé par les autres comme fallacieux, pernicieux même, en tout cas signe d'une inculture crasse car chacun sait que l'étincelle qui a provoqué les dix ans de « guerre Wengue » entre les chanteurs JB Mpiana et Werrason est l'altercation qui les a opposés, alors qu'ils étaient tous deux membres du groupe Wenge Musica, sur la scène du Grand Hôtel de Kinshasa, le 7 décembre 1997, bagarre suffisamment violente pour que la garde du président congolais d'alors, Laurent-Désiré Kabila, monte sur l'estrade pour séparer les belligérants, tout cela sous le regard goguenard d'une troisième star, Papa Wemba, ouvertement soupçonné d'avoir attisé la brouille entre le « Maréchal Mukulu » et le « Roi de la Forêt », et ce, dans le but machiavélique de se débarrasser, d'un même mouvement, de deux rivaux gênants.

L'accumulation de noms et de détails, les précisions érudites sur les pas de danse et les habitudes alimentaires – JB Mpiana tirait-il, oui ou non, son exceptionnelle vitalité d'un régime à base de grenouilles ? –, tout le foisonnement des péripéties sexuelles et de la combinatoire vestimentaire finissait par dessiner, en creux, une sorte de monde enchanté, précurseur du rap, une arène de la frime et du coup d'éclat permanent où le bouche-à-oreille remplaçait les réseaux sociaux, une farandole gigantesque parcourue de rythmiques impossibles et d'explosions incessantes, l'orchestre Wenge, pour ne parler que de lui, ayant presque instantanément éclaté en deux groupes ennemis, Wenge BCBG et Wenge Maison mère, ces formations s'émiettant rapidement elles-mêmes en Wenge El Paris, Wenge Kumbela, Wenge Référence, Wenge 5/5, Wenge Tonya Tonya et – mon préféré – Les Anges adorables.

Parti de Kinshasa, ce poudroiement de noms et d'histoires s'était diffusé dans toute l'Afrique puis, par bouffées successives, dans les banlieues françaises, déployant ses floches sucrées dans les mariages et les fêtes de foyer, tant et si bien que mes nouveaux amis n'avaient même pas eu besoin de s'y intéresser pour y être exposés, un nuage d'harmonie congolaise flottant en permanence dans les cars scolaires et les cages d'escalier et, même s'ils faisaient la moue et prenaient d'assaut les chaînes hi-fi pour éjecter les cassettes Kin é Bougé et mettre du rap, ils avaient tous, par imprégnation, fini par apprendre les fondamentaux du genre, comme je les avais insensiblement appris moi-même à force d'entendre, d'un bout à l'autre du continent, le même alliage de boîtes à rythmes et d'arpèges si aigus qu'ils en agaçaient les dents.

Et nous ne faisions finalement rien d'autre, au cours de ces soirées passées à fumer la chicha dans des bars ou, plus souvent, chez l'un ou chez l'autre, autour d'un téléviseur géant qui diffusait un match, voire, une fois, une immense table-écran qui fit son petit effet avant de tordre durablement les cous, qu'échanger ces histoires collectées à droite et à gauche à la manière d'autocollants Panini ou de cartes Pokémon, nous abandonnant sans frein à la force de convection de l'industrie, à ce Gulf Stream de récits que suscitaient, telle une mousse océanique, les grands mouvements du capitalisme musical, brassage dont les remous ballottaient nos canapés comme des bouées dans une piscine de rappeur californien, premiers artistes à avoir retourné la production musicale sur elle-même pour ne plus chanter que les revenus qu'elle leur procurait, déclinant, à longueur de refrains, leurs chiffres de vente et leurs clauses contractuelles et alignant, en têtes de cerf, les artistes qu'ils avaient personnellement produits, bref, rappant tout ce qui, soir après soir, nous ramenait sur nos canapés, c'est-à-dire la bourse des valeurs, le tirage quotidien et les ordres d'arrivée.

Car le rap était devenu ce que la variété n'était plus : un phénomène économique, probablement le dernier en termes de production musicale, et sa rentabilité conférait à tout le genre une charge d'électricité statique qui couronnait d'étincelles chaque intervenant. Le rap était la recette gagnante que chacun se dépêchait de reproduire dans ses fourneaux, et cette foire d'empoigne de cuisiniers affolés fournissait un contrechamp assez réjouissant aux serments des rappeurs qui, eux, ne juraient que par le cru et le sans sauce, proclamant à longueur de morceau que tout ce qui leur était dû serait découpé à même la bête et jeté sur un barbecue de fortune au pied des barres de leurs cités.

Cette agitation digne d'un restaurant en perpétuel coup de feu suscitait, on s'en doute, un flux ininterrompu de rumeurs, à l'image de la pluie d'anecdotes qui avait, jusqu'à ses derniers instants, moucheté de boue les costumes de Claude François, ou bien de l'essaim de légendes qui, toute sa vie, avait bourdonné autour de Dalida, accusée, entre autres forfaits, d'être un homme. Trésors de la chanson française.

Les amateurs de rap avaient moins d'imagination, mais ils soupçonnaient tout de même les stars les plus dévoyées, ceux qui professaient, d'album en album, leur passion du crime et leur haine de la police, de n'être en vérité que des fils de famille ne connaissant, de la prison, que la case éponyme au Monopoly. Plus que leurs casiers, c'étaient surtout les origines des rappeurs, et tout particulièrement leurs racines, qui faisaient l'objet des inventions les plus baroques, allant de la filiation présidentielle à l'engagement armé en passant, bien sûr, par la fortune cachée et la double, voire triple famille. L'Afrique était le miroir, formant ou déformant, du rap, son insaisissable point de fuite, et c'était tout aussi vrai dans le fantasme que dans le commerce : le public du continent était la caisse de résonance du rap français, une audience fidèle et captive qui, d'un coup, pouvait faire décoller une carrière ou au contraire l'interrompre. Grâce aux auditeurs africains, les chiffres des rappeurs hexagonaux tutoyaient ceux de leurs homologues anglo-saxons, et tous choyaient cette réserve, auscultant ses moindres soubresauts.

C'est pour ça qu'ils m'avaient adopté, c'est de ça qu'ils voulaient parler. Mes *lyrics*… C'était le cadet de leurs soucis. Ils me laissaient gentiment leur proposer la botte, mais n'envisageaient pas sérieusement de scander le texte d'un autre, surtout si l'autre avait ma tête. Leur mode opératoire, je l'ai compris plus tard, était à des années-lumière de la variété dont je reproduisais les usages. Eux composaient d'abord la musique, puis parlaient dessus bouches fermées, et ce n'est qu'une fois rythmes et mélodies arrêtés qu'ils s'occupaient de trouver des paroles. Le travail, alors, devenait collectif, chaque membre de l'entourage de l'artiste proposant métaphores et *punchlines* qui, infiniment recombinées, finissaient par constituer le morceau. D'où le caractère parfois décousu des *lyrics* de rap, construits en dialogues de mangas, ces bandes dessinées japonaises où les onomatopées comptent plus que les échanges eux-mêmes.

Avec mes harangues sur feuilles A4, évidemment, je débarquais. Je m'étais figuré le rap comme un dérivé de la chanson à texte, une sorte d'artisanat haut de gamme, de grande mesure, quand c'était bien plutôt une manufacture, une petite entreprise aux effectifs pléthoriques, ce qui, j'aurais pu le deviner, expliquait que certains morceaux ne soient, au final, rien d'autre que des dédicaces : il fallait remercier le personnel. Bref, je m'étais encore fourvoyé dans les très grandes largeurs et, cette fois-ci et en prime, ridiculisé. Tout cela parce qu'orgue hanté, mon désir ne savait jouer que des airs disparus... Parolier, détective, arpenteur : il me portait systématiquement vers des costumes aux poches bourrées d'antimite et des raisons sociales datant du siècle dernier, comme si seul le sépia, le jauni, était capable de me retenir. Une inaptitude à la vie moderne qui aurait pu – maigre consolation – donner prétexte à chanson, mais d'autres, et non des moindres, s'étaient déjà occupés de faire rimer fleurs fanées et désirs démodés, et je n'avais pas très envie d'arriver après eux.

Le bilan de mon incursion dans le rap était décidément bien mince. Je fis de la figuration quelque temps encore, passant les plats et relevant les sauces, puis, petit à petit, m'effaçai du tableau, glissant hors du cercle et revenant au flou, à cette pénombre sans démarcation qui est mon milieu naturel.

Dans cette ville encore engourdie, je repris ma circumnavigation masquée, mes itinéraires sans but véritable et mes détours qui, à force de s'allonger, devenaient des expéditions en eux-mêmes. Et quand je n'en pouvais plus de traîner, je montais dans le tramway. J'aime les lents travellings qu'offre à ses usagers ce mode de locomotion, et tout particulièrement, sur la ligne T3B, la succession de panoramas ferroviaires déclinés à hauteur de la porte de la Villette. C'est en contemplant ces tableaux qu'un jour j'ai cru entendre sa voix. Non parmi les passagers, mais sortant d'une petite enceinte placée au-dessus de la porte du wagon comme le faisait, un peu plus haut sur la ligne, celle de Delphine Seyrig pour annoncer l'arrêt qui portait son nom. La gare, cette fois-ci, avait été baptisée du patronyme d'une chanteuse des années cinquante et il me sembla que c'était elle qui l'énonçait. Les syllabes ayant filé trop vite pour que j'identifie le timbre avec certitude, je descendis du tramway et repris la ligne dans l'autre sens. Plusieurs allers et retours levèrent le doute : c'était bien elle qui, à cet endroit précis, régulait le trafic, assourdissant le vacarme urbain de quelques notes d'océan.

Je ne pense pas qu'il y ait de situation plus proche du rêve que celle d'entendre, sur un système de sonorisation public, une voix familière : s'adressant à tous, elle vous annule, et pourtant ne parle qu'à vous. L'expérience était d'autant plus brutale que nous ne nous étions ni vus ni parlé depuis des mois et que, privée d'arrière-plan, sa voix s'était graduellement réduite aux disques et ne bruissait plus de son agitation de feuillage, souffles et phrases suspendus, ramures au vent.

Pour rationaliser la brusque apparition de ce précipité sonore, j'avançais mille hypothèses, imaginant notamment que, privée de concert par la pandémie, elle avait cédé aux avances d'industriels qui, c'était sûr, convoitaient depuis des années son registre, et comment ne l'auraient-ils pas guigné ? Même les capitalistes ont des oreilles, et il fallait être sacrément bouché pour ne pas entendre le potentiel de ses inflexions marines, alternativement lame, houle et efflloraison d'écume. Patiemment, ils avaient attendu leur heure et, quand le virus avait frappé, avaient pris des nouvelles, l'air de rien : on s'inquiète vous savez, et vos dates ? Annulées, vraiment ? Toutes ? Mais c'est terrible. Si cela peut vous aider à faire face, notre offre, elle, tient toujours... L'imaginant lestée d'un gros chèque, je me réjouissais qu'elle soit parvenue à faire mentir une de ses chansons, un titre où, rompant avec la traditionnelle pruderie des musiciens français en matière financière, elle clamait, rappeuse blonde, son amour de l'argent. Mon scénario était d'autant plus plausible qu'à la même époque les rois de la Bourse délaissaient options et autres contrats dérivés rendus caducs par l'effondrement des cours du pétrole pour se rabattre en masse sur les royalties, achetant par catalogues entiers les droits de musiciens célèbres. Les titres composés par Blondie ou Fleetwood Mac s'échangeaient presque aussi vite que les tonnes de grains ou de minerais qui lestaient les cales des navires à l'arrêt devant les ports engorgés par la flambée du commerce en ligne.

Conjecturant, donc, qu'une multinationale a loué sa voix et la décline sur de multiples supports, je me mis à prêter une attention excessive, pour ne pas dire obsessionnelle, à tous les messages sonores qui accompagnaient ma vie, sûr que c'était elle qui, à tout moment, pouvait me demander mon code ou m'avertir d'un accident grave de voyageur. Elle s'excuserait pour la gêne occasionnée et je me pétrifierais sur place car rien, si ce n'est le lieu, ne permettrait de faire la différence entre cette annonce automatisée et nos conversations d'avant la pandémie : c'étaient les mêmes inflexions exactement, et il suffisait d'avoir envie de croire qu'elle me parlait une fois encore, qu'elle était là, de nouveau, pour que ce soit vrai, sauf que l'enregistrement, bien sûr, ne me reconnaîtrait pas, me parlerait comme à n'importe qui, avec cette distance courtoise qui, quand on a été proches, est la pire des humiliations, me battant froid, ni plus ni moins, et le faisant, pour bonne mesure, devant tout le monde, sur une plateforme ouverte à tous les vents, afin que nul n'ignore que je n'étais pour elle qu'un quidam. Une telle combinaison de joie et d'humiliation ne se rencontre, je me répète, qu'au plus profond du sommeil, quand on doit chanter sur la scène d'un Opéra et qu'on réalise qu'on est seul, aphone et nu.

Et j'avais beau être tout à fait réveillé, je n'en étais pas moins fébrile, l'oreille constamment tendue et le doigt sur la touche étoile pour répéter l'annonce. Car nous vivons désormais entourés d'auxiliaires préenregistrés et de majordomes éthérés qui, en permanence, contrôlent nos accès, valident nos paiements, vérifient nos identités, et peuvent même répondre aux questions les plus diverses. Le perfectionnement constant de ces systèmes rendait ma tâche particulièrement ardue car il était souvent difficile de distinguer les voix humaines de celles obtenues par synthèse. Depuis que je l'avais entendue dans le tramway, je rêvais qu'elle me surprenne dans une cabine de Photomaton (« Réglez maintenant la hauteur de votre tabouret ») ou au contrôle de passeport automatisé (« Veuillez retirer vos lunettes pour l'identification »), l'imaginant même prêtant son timbre à une application téléphonique révolutionnaire, un système de contrôle des signes vitaux, par exemple (« Loin de moi l'idée de jouer les cassandres, mais votre cholestérol fait des siennes »), ou bien un coach virtuel qui analyserait les conversations ambiantes pour aider les timides à surmonter leurs blocages (« Maintenant serait le moment idéal pour placer l'anecdote qui a tant amusé vos collègues avant-hier »).

Je me souvenais encore du matin où j'ai entendu la voix qui, pendant des années, avait donné l'état du trafic sur une FM parisienne, cette voix doucement ironique que j'aimais écouter le soir, sous ma couette, et qui immanquablement suscitait des visions de porte de Brancion sous la pluie et d'éclats bleus et rouges à Clichy, visions d'autant plus douces que j'étais, pour ma part, au chaud, et au sec, cette voix qui parlait de la circulation automobile comme si ce n'était rien d'autre qu'un ballet de poissons dans un aquarium, cette voix infusée de crachins qui, donc, ce matin-là, résonna sous l'immense verrière de la gare d'Austerlitz pour me prévenir, ainsi que tous les autres passagers, que mon train, initialement prévu à 19 h 50, entrerait en gare voie 2, et qu'il serait sans arrêts jusqu'à la gare de Tours. C'est comme si les murs de ma chambre d'adolescent s'étaient d'un coup élargis aux dimensions d'un hall et que je me retrouvais, en pyjama, à lutter contre l'afflux d'une foule qui, sans considération pour mon matelas placé au milieu de la salle des pas perdus, piétinait mon oreiller.

Sûr qu'une scène de cette nature finirait par se produire, j'étais constamment sur le qui-vive, considérant le moindre objet comme une boîte truquée d'où pouvait à tout moment surgir, mue par un mystérieux ressort, sa voix intacte, vivante, moqueuse. Les malles les plus évidemment piégées, les coffres aux fonds les plus assurément doubles étaient les voitures, et c'est toujours avec un petit pincement au cœur que je m'asseyais sur un de leurs sièges, attendant non sans appréhension que le système de navigation se mette en marche et qu'il énonce ses premières instructions… J'anticipais ma réaction au cas où, le contact tourné, c'était sa voix qui envahirait l'habitacle et me commanderait de prendre à droite à la prochaine intersection. J'imaginais ma surprise, et les embardées dans lesquelles j'entraînerais involontairement le véhicule, puis, mon corps tout entier s'abandonnant à l'illusion, je deviendrais docile sous l'injonction, restez sur la file de droite, offrant, comme un chat, mon échine à la caresse, à la fin de la route, tournez à gauche, regrettant même, au vu du nom de certaines agglomérations traversées, qu'elle limite ses interventions au seul guidage, rêvant de l'entendre prononcer Autrui-sur-Juine ou Neuillé-Pont-Pierre, par exemple, mais non, dans 800 mètres, prenez la sortie, jouissant longuement du simulacre, ralentissant, parfois, pour qu'elle répète ses instructions, frustré, à la longue, par l'impassibilité du monologue, tentant d'établir un dialogue, commentant ses choix, blaguant même pour qu'elle se trouble, mais peine perdue, dans 400 mètres, prenez la rocade, changeant, en désespoir de cause, de tactique, allant sciemment à l'encontre de ses commandements mais rien à faire, elle demeurerait imperturbable, faites demi-tour dès que possible.

Avec les applications téléphoniques de course à pied ou de culture physique, c'était pareil : j'avais beau les télécharger à la chaîne, c'était toujours quelqu'un d'autre qui décrivait les exercices à faire, ponctuant ses descriptions d'encouragements robotiques (elle n'aurait jamais pu, sans rire, énoncer le nom de certaines poses de yoga). Découragé, je remontais dans le tramway, passant et repassant à la station qu'elle annonçait pour l'écouter encore, jetant des regards furieux aux passagers dont les conversations trop bruyantes risquaient de couvrir le message, tournant en rond, il faut bien le reconnaître, piétinant même, j'en conviens, me cognant aux murs tel un personnage de jeu vidéo mal dirigé.

Incapable de trouver l'objet, ou le lieu, que drapait désormais sa voix, je finis par me convaincre qu'il devait être aux antipodes, Canada ou Japon peut-être, un hôtel de luxe aux couloirs résonnant d'appels qu'elle voilerait d'une imperceptible ironie, ou bien une compagnie aérienne, dont les passagers, en ce moment même, l'écoutaient délivrer les consignes de sécurité d'un ton qui donnait aux phobiques du vol des désirs de chute libre. Si elles existaient, ces oasis vocales étaient hors de ma portée : je n'avais que le tramway, et ses disques. Or la voix qui chante s'adresse à tous, c'est-à-dire à personne. Elle ne parle pas, elle éparpille, nuage d'explosion ou frange de jet d'eau. Écouter ses albums, c'était dérouler le film d'une vie parallèle : sa voix de chanteuse n'avait ni agenda ni amis, elle ne répondait pas à l'interphone et ne laissait pas de message sur mon répondeur.

Cette séparation des espaces résonnants est, quand on y réfléchit, évidente : il n'y a que Mary Poppins pour chanter toute la journée. Pourtant on préfère l'ignorer, envisageant les chanteurs sous un régime d'exception, leur prêtant une vie de spécimen, tout entière façonnée par leurs attributs. Dans la cohue d'un entracte, j'ai un jour entendu deux amateurs d'opéra qui, insensibles à la foule se pressant autour d'eux, partageaient les fantasmes que leur inspirait l'interprète du rôle-titre, et notamment celui, longuement ressassé, de l'entendre, au plus fort des transports, jouir en trille de contre-ut, ces mêmes trilles qu'elle venait de proférer dans la salle et que mes deux mélomanes libidineux s'imaginaient pouvoir déclencher en chambre. Comme si l'opéra n'était, finalement, qu'un spectacle pornographique, et ceux qui le pratiquent, des monstres de foire, esclaves de leurs luettes disproportionnées. C'était plutôt pathétique, mais somme toute pas très étonnant : le spectacle lyrique n'est-il pas tout entier construit sur ce mythe ? Dans l'opéra, tout, indifféremment, se chante, l'amour aussi bien que les tâches domestiques, et on imagine aisément les aficionados se persuader que le chant est, non pas une performance, mais un plan parallèle, une dimension où des êtres hybrides, encombrés de leurs appendices, vocalisent sans même s'en rendre compte. Je me souviens d'avoir vu, aux États-Unis, une publicité où le caverneux crooner Barry White était surpris chez lui par un coup de téléphone. Depuis son canapé de cuir blanc, il attrapait le combiné et bourdonnait : « *White residence.* » À l'autre bout du fil, une femme se figeait de surprise en reconnaissant le timbre inimitable de l'interprète de « Let the Music Play ». Alors White, câlin, l'entreprenait de sa sourdine : « *Talk to me baby.* » L'interlocutrice s'évanouissait aussi sec.

J'aurais, pour ma part, volontiers perdu mes moyens, et pourquoi pas ma connaissance, mais personne ne m'appelait, elle moins qu'un autre, et je me consolais en écoutant ses albums, rêvant de sa voix délivrée de la glace de l'enregistrement et s'animant, souple et vive.

Fondu
Et enchaîné
Corps et biens
Sombrés

J'avais autrefois reproché à une amie d'être partie sans me laisser de photos. « Mais tu as ma voix, et dans tous ses états, c'est bien plus intime que des images », m'avait-elle répondu, et bien sûr elle avait raison, ses enregistrements au dictaphone, ses lieds et ses *carols*, valaient tous les selfies du monde (c'était une amie qui avait la particularité désarmante d'avoir toujours raison : elle avait tout lu, connaissait tout le monde, mais faisait si peu de cas de sa science que, régulièrement, je l'oubliais et, suivant ma pente naturelle, fanfaronnais sur des sujets qu'elle connaissait mieux que moi, paradant et faisant l'important jusqu'à ce qu'agacée elle ne me cueille d'un revers de main).

La configuration, cette fois, était inverse : la voix qui ne me parlait plus publiait un nouveau disque, et son chant, au lieu de m'être trésor, fleurs séchées et boucle de cheveux dans des boîtes à chaussures, se diffusait à tout-va (c'est du moins ce qu'il me semblait : sur les réseaux sociaux, à la radio, je n'entendais qu'elle). Ses chansons m'arrivaient de très loin, comme par-dessus une foule : salles fermées, scènes désertées, les mélodies flottaient, sans lieu ni origine. Souvent, j'avais l'impression qu'elle s'accordait avec ses musiciens de l'autre côté de la cloison, mais, quand j'ouvrais les portes, il n'y avait personne, seulement des échos s'étirant jusqu'à l'inaudible.

Et puis l'embâcle qui avait gelé nos vies relâcha de quelques millimètres son étreinte, et sa voix finit par déborder les enceintes de ma stéréo pour glisser, lentement, vers le haut-parleur de mon téléphone puis, dans un grand mouvement panoramique, dans la ville, la rue, et finalement à la table d'un café.

Réduisant les distances, l'atmosphère attiédie ranimait également les projets : « Tu ne devais pas m'écrire des chansons ? » C'était effectivement l'intention mais... Voyant ses sourcils s'arrondir en interrogation muette, je me repris, m'embrouillai puis, jugeant finalement que le ridicule était préférable à la dérobade, sortis de mon téléphone quelques-unes de mes expérimentations parolières, écartant à la hâte tout ce qui présentait de trop évidentes faiblesses pour n'offrir, tant bien que mal, que ce qui semblait tenir à peu près debout.

Ah, tu hésites
Les mots cognent
S'évitent

Sur l'eau tournent
Les dames de nage
Au ciel passent
Des trains de nuages

Ah, tu peines
De « distribué » à « lu »
Ça traîne

Connexion
En attente
Signalisation
Défaillante

Puis sans prévenir ah ! Ça s'agite
Appels manqués, fièvre
Subite

Nos vies à contretemps
S'envisagent
Sur les bras levés
Des dames de nage

Alors… C'était intéressant, bien sûr, mais en chanson, il y a des usages, comme par exemple alterner refrains et de couplets.

Évidemment, où avais-je la tête ?

(couplet)
Ah, ça hésite
Les mots cognent
S'évitent

(refrain)
Au ciel filent
Les trains de nuages
À l'eau tournent
Les dames de nage

(couplet)
Ah, ça peine
De « distribué » à « lu »
Ça traîne

(refrain)
Sentiments
À l'étiage
Bras ballants
Des dames de nage

(couplet)
Puis d'un coup ah ! Ça s'agite
Notification en attente
Fièvre subite

(refrain)
Les blancs, les silences
Et l'heure d'envoi des messages
Rythment l'allure
Des dames de nage

Elle aimait bien, mais est-ce que ce n'était pas un peu abstrait ? Quand on chante, il faut incarner : l'objet n'est pas un livre, distinct de vous, mais tout votre corps qui vibre, vos bras qui s'ouvrent et vos yeux qui pleurent.

À cette aune, forcément, mes paroles pouvaient paraître un peu distantes. Je repris l'ouvrage, usinant à l'aveugle et rejouant, en chambre, la grande geste des placiers en partitions, ces anonymes qui, dans la première moitié du XXe siècle, avaient usé leurs semelles à monter et descendre des kilomètres d'étages et à franchir les portes des vedettes dans un sens puis, dix minutes plus tard, dans l'autre, l'air battu et les feuilles sous le bras, l'idole ayant jugé la proposition incompatible avec son image, son répertoire ou, plus souvent, son oreille. M'imaginant descendre en ligne directe de ce peuple anonyme, je revivais leurs affres, oubliant un peu vite que la situation n'était guère, pour elle, plus confortable : ayant toujours écrit seule, elle devait gérer un olibrius qui, maladroitement, s'ingérait dans ses affaires et s'obstinait, pas toujours à propos, à la faire parler.

(couplet)
Complotiste en chambre
J'assemble
Le puzzle des présages
Carte trouvée, noms de rues
Forme des nuages
Je cherche la solution du rébus

(refrain)
Attentifs ensemble
Tout fait sens, rien n'est muet
Attentifs ensemble
La vie est un colis suspect

(couplet)
Flambeuse sur tapis roulant
J'attends
Que veuille sauter la banque

Casinos, marelles, trottoirs
Je mise, impair et manque
Quêtant les caresses du hasard

(refrain)
Attentifs ensemble
Tout est double, triple, quadruple
Attentifs ensemble
La vie est une charade occulte

(couplet)
Astrologue d'intérieur
J'interprète
Les constellations du plafond
Ombres portées, moulures,
Blasons
Je cherche la prochaine aventure

(refrain)
Attentifs ensemble
Veuillez excuser la gêne occasionnée
Attentifs ensemble
La vie est un labyrinthe truqué

Elle ne se voyait pas chanter ça : trop désinvolte. Jugeant ses préventions déplacées, je tentais de la convaincre, mais rien à faire, l'écart, le pas de côté, n'était pas son registre. Mais Lou Reed, Dutronc et Philippe Katerine ? Je n'y étais pas, ses réticences n'avaient rien d'esthétique : sur scène, encore une fois, c'était son corps, et elle n'était pas contorsionniste. Certaines postures lui convenaient mieux que d'autres, voilà tout.

Et puis il allait falloir que j'arrête d'écrire comme si je faisais de l'aquarelle. Une chanson n'est pas un tableau, elle ne se peint pas de l'extérieur. Quand on chante, on est déjà dans le cadre, les pieds dans la couleur. Il fallait inverser la perspective.

Avec application, je m'efforçai donc de crever la toile.

Comme une fontaine à vasque
Les jours
débordent de nos frasques
Mon amour

Et la nuit n'est jamais assez longue

Comme une supernova
L'espace
s'agrandit sous nos pas
Cher astre

Et l'horizon n'est jamais assez vaste

Son, lumière

Tout est suspendu
à nos cous
Demain, hier
Le temps n'a plus
d'atout
Contre nous

Que faire
Cher équateur ?
Que faire à ces planétaires
hauteurs ?

Que faire
Très chère âme sœur
Que faire de cette solaire
langueur ?

Comme des météorites
Brûlons
en sillages atmosphériques

Car la nuit ne sera jamais assez longue

Comme le vieux Major Tom
Lâchons
la bride à nos atomes

Car l'horizon ne sera jamais assez vaste

Cher archipel
Mon cher péché

Originel
Ne tardons plus
La mer est belle
Et notre vaisseau
Ascensionnel

Faute de connaître précisément les étapes du circuit par lequel la prose se transforme en chanson, je m'étais longtemps figuré une saynète digne d'une comédie musicale, un manuscrit voletant au vent puis atterrissant, doucement, sur le pupitre d'un piano et devenant, dans l'instant, musique, sans qu'il soit nécessaire d'y changer une virgule. Instruit par mon passage dans les cuisines du rap, j'avais un peu amendé ce chromo et me représentais désormais quelque chose qui tenait plus du tableau de genre, un décor d'atelier mécanique où, pièces de rechange, les textes étaient des châssis suspendus en attente de cannibalisation.

Visualisant la scène, je m'attendais à recevoir, sur mon téléphone, des enregistrements où elle fredonnerait d'abord une mélodie puis, un peu après, d'autres où elle disposerait, par petites touches, des sections de phrase, sélectionnant un groupe de mots par-ci, une subordonnée par-là, recombinant le tout, tant et si bien que, dans ses interprétations, le texte original ne serait plus qu'un écran travaillé, par-derrière, d'une force invisible, une taie au travers de laquelle sa voix cherchait passage, chahutant la toile, tirant le tissu et agitant ses pans dans l'espoir qu'il s'écarte et éclaircisse sa pelucheuse sourdine. Ensuite viendraient d'autres croquis, titrés, par le système de géolocalisation de son téléphone, du nom des lieux où elle les aurait enregistrés, toujours sans commentaires, mis à part, çà et là, un rire qui fusait, ou bien une nuance d'ironie, en trace de rouge à lèvres, sur un mot, et j'entendrais, à chaque écoute, le ressac de la mélodie chamboulant le texte et je guetterais, comme la chute d'un château de sable, l'inéluctable écroulement de mes dernières phrases-témoins, surpris de voir qu'à rebours de mes prévisions elles se maintiendraient, s'étayeraient même, et ce jusqu'à former un plan nouveau, un agencement qui n'avait plus rien à voir avec le dessin initial et qui, très vite, céderait la place à un autre, rien de stable ne pouvant se maintenir au front sans cesse mouvant de la grève et de la marée, et ce serait une véritable jubilation d'assister à la dispersion du vocabulaire dans la houle, étiré puis vaporisé par les vagues au point de former, au-dessus du bouillonnement, de fugitifs assemblages d'écume, reproduction en miniature des constructions de plage désormais submergées et qui, à leur tour, se disloqueraient en bulles pour réintégrer le courant, distribution circulaire que rien ne semblerait pouvoir arrêter, boucle qui n'aurait manifestement d'autre but que sa propre perpétuation et qui, à force de revenir, paraîtrait aussi statique que le voile nuageux du texte, éternelle flaque d'huile entre deux quais, murmure immense, irrépressible, et au moment même où je formulerais cette comparaison, des ruptures, petit à petit, viendraient chahuter la régularité des retours, des harmonies s'étageraient, si lentement, d'abord, qu'elles passeraient inaperçues, éclipsées par le rythme, jusqu'à, d'un coup, s'imposer, tant et si bien que l'écoute serait sollicitée par ce corps musical qui persistait, cet agrégat d'accords qui surnageait et qui, à mesure qu'il durcissait, polarisait d'autres attributs, pieds, clefs, chœurs, comme un aimant qu'on promènerait sur une table, et bientôt ce serait un objet presque complet, et on se récriait, n'en croyait pas ses oreilles, mais on n'aurait rien entendu encore, car d'autres sons viendraient s'adjoindre, d'autres instruments manipulés par d'autres gens – on les entendait, parfois, compter 1, 2, 3 au début des prises –, et tous ces renforts viendraient développer la mélodie, l'animer sur toute sa surface et la parcourir de frissons, et la voix, elle aussi, se déploierait, elle ne serait plus cet espace étroitement conscrit par le micro du dictaphone mais s'évaserait au contraire, s'amplifiant, faseyant telle une voile doublant un récif, et tout ce grand équipage, cette profusion de plans et d'arrière-plans, ce chapiteau étayé de mâts, étarqué de cordes et coiffé de drapeaux, cette arène immense, souple et mobile, où piaffent les chevaux et virevoltent les acrobates, toute cette chatoyante architecture de reflets et de couleurs, tout cela gonflerait, puis s'effondrerait, en moins de trois minutes, ne laissant, dans la main, qu'une boule de verre qu'il fallait secouer, encore et encore, pour que le trapèze, de nouveau, balance, que les confettis reprennent leur neige et que le chef d'orchestre, *da capo*, lève les bras.

Et j'agiterais la sphère sans me lasser, scrutant le jeu des volutes moirées, tentant d'isoler, dans l'afflux des formes, les phrases que j'avais apportées à l'ensemble, mais ce serait peine perdue, la musique, comme le lierre, aurait tout assimilé, déplaçant les lignes, recombinant les angles, débordant le cadre, et tout lui appartiendrait, tout était à elle, et, activant la fonction *repeat*, j'animerais obsessionnellement la scène, captivé par le son neuf que rendent les mots dans sa bouche, absorbé par ces paroles qui, même intérieurement, n'auraient plus ma voix, mais la sienne, ce texte qu'elle aurait infusé jusqu'à en modifier la structure, ces couplets qui n'en étaient plus mais, déjà, rubans, plumes et ocelles sur sa robe.

Enfin, elle remonta sur scène. Les salles n'étaient pas encore autorisées à accueillir du public, mais une radio avait néanmoins proposé à plusieurs artistes de se produire, sans auditoire, à une adresse célèbre et de diffuser leur performance en direct. Elle était du lot.

La même impulsion qui m'avait incité, en plein confinement, à arpenter Paris désert, me poussa à m'inviter au spectacle : comme j'avais cherché, quelques mois plus tôt, à faire l'expérience d'une ville sans habitants, je voulais assister à un récital fantôme, surtout si elle tenait l'affiche. Passé les Boulevards, traversé le hall tapissé de miroirs et les lourdes portes à doubles battants, les rangées de fauteuils garance s'alignaient, sièges relevés. Craignant que les quelques techniciens n'interrogent ma présence, je suis monté me réfugier au balcon et me suis placé face à la scène, dans une position dont j'ai déjà fait l'expérience en rêve, mais jamais in vivo : seul dans une loge, à attendre trois coups dont j'étais l'unique destinataire.

« C'est tout de même étrange de jouer devant personne », murmura-t-elle pendant qu'on testait le son. Seule la scène avait été sonorisée, afin que les musiciens s'entendent. Ailleurs, sous le vaste plafond décoré de fresques 1900, le son restait lointain et bizarrement déformé. Il n'occupait pas l'espace, laissant les bruits les plus divers se superposer à la mélodie : grincement de fauteuil, craquement de plancher, et même grelot des notifications téléphoniques. Dans cette immense caisse de résonance, je m'entendis soudain fredonner, bouche fermée, les paroles qu'elle chantait à l'autre bout de la salle, tenant son micro à deux mains et éparpillant, à grands coups de tête, sa chevelure.

Cette profération silencieuse, cette rumeur dont je nimbais, presque inconsciemment, sa musique, m'évoqua d'abord certains pianistes habitués à marmotter par-dessus leur clavier, Glenn Gould ou bien Keith Jarrett, et, plus profondément et plus mystérieusement, une voix disparue, un vieux souvenir de radio dont j'aurais été incapable de dater l'écoute. C'était dans *L'Invité du lundi*, une émission dont le principe était de recevoir des personnalités dans un studio plongé dans le noir. Passablement ébranlé, quand son tour était venu, par ce dispositif, le sémiologue Roland Barthes s'était efforcé de répondre aux questions des journalistes invisibles et, pour adoucir l'épreuve, avait demandé, « si quelque chose comme un plaisir » pouvait passer dans l'exercice qu'il menait avec peine, qu'on lui mette un disque, un air du ténor Charles Panzéra, avec lequel il avait étudié le chant, et si possible « La Vie antérieure » de Duparc. La production avait lancé l'enregistrement, mais le micro, dans la cabine de Barthes, était resté ouvert, si bien qu'on percevait distinctement, par-dessus le vibrato de Panzéra, son ancien élève tirant sur sa cigarette, bougeant sur sa chaise et articulant des phrases muettes.

Si elles m'avaient marqué, au point que j'en conservais, longtemps après l'écoute, l'empreinte exacte, c'est que ces quelques minutes de Barthes murmurant, si semblables, dans leur configuration, à la bourdonnante vigile que je menais moi-même, manifestaient une évidence qui m'avait jusqu'alors échappé, à savoir qu'un gosier ne pouvait vibrer que parce qu'un autre, ailleurs, s'était tu, autrement dit que l'inarticulé était la matière même de l'harmonie et tramait, par accumulation de rumeur, la voix, de la même manière que le lœss et la cendre ourdissent le fleuve.

Partant de là, tout s'éclairait. Si j'avais tant de mal à lui écrire des paroles, c'était que nos deux pratiques étaient non seulement distantes, mais en vérité antagonistes et que, jamais, ceux qui écrivent ne pouvaient s'extraire de la langue, de ce cirque étouffé où, faute d'air, les mots ne rendent qu'un son mat. La voix était la face aveugle de la lettre, son bord extrême, rétractile, et la seule présence sonore à laquelle pouvaient prétendre ceux qui appartenaient au texte, c'était un *sfumato* de paroles étranglées, une nappe expirante qui, comme les suspensions dans la lumière, nimbait la voix de ceux qui chantent d'un imperceptible halo. Depuis Pétrarque et son *Canzoniere*, les chansons d'écrivains n'avaient jamais quitté les pages où elles étaient imprimées et restaient, prisonnières, derrière l'épais et frissonnant rideau qui, plus sûrement qu'une paroi de verre, isolait les lignes des portées, écran dont un équivalent de velours avança sur la scène au moment où je me faisais ces mornes réflexions, refermant, à mesure qu'il déployait sa large envergure, la salle, la soirée et, accessoirement, mes espoirs.

Elle m'avait proposé, à l'issue du concert, qu'on se retrouve dans un bar du quartier, histoire d'enterrer les mauvais jours. Il y aurait ses musiciens, d'autres amis, peut-être. Mais quand je franchis les guichets, un voile épais était tombé sur les Boulevards et la brume s'épaississait avec une telle rapidité qu'au terme de quelques minutes de marche j'étais calfeutré dans une solitude à peu près complète. Aveugle, j'entendais néanmoins tout ce qui se passait alentour : conversations des piétons désorientés, cris des chauffeurs à l'arrêt, blagues tombées des balcons. Tout cela formait, remarquai-je, un équivalent assez fidèle de l'apnée de l'écriture : seul, à écouter des voix lointaines et, pour partie, imaginaires, sans témoins ni spectateurs. Un temps blanc perpétuel qui retardait indéfiniment le contact et obscurcissait les contours. Pour parachever le dispositif, je me mis à parler, ce afin que les autres, prisonniers eux aussi de leurs bathyscaphes de brouillard, soient à leur tour environnés de paroles sans origine, de discours flottant qu'ils ne seraient jamais très sûrs d'entendre ou bien de produire eux-mêmes, la buée amplifiant, en casque, leur théâtre intérieur. Au-delà du mur de coton qui me bouchait la vue, je faisais proliférer toute une chaîne de cellules murmurantes avec, entre elles, rien d'autre qu'un jeu d'échos et de correspondances.

Ce petit jeu se poursuivit jusqu'à ce qu'un rire, d'une claire estafilade, vienne trancher la rumeur. C'était elle, qui marchait à proximité : je l'entendais alternativement à droite, puis à gauche, blaguer et chantonner avec tout un groupe. Je laissais sa voix magnétiser ma nacelle, bientôt entraîné à sa suite sans que je sache où l'on allait ni même si c'était bien elle qui parlait, doutant, par brusques bouffées, de tout ce qui s'était passé, cherchant un point d'appui qui, sans cesse, se dérobait, goûtant, dans le même temps, cette incertitude qui augmentait son timbre du même cône d'irréalité que découpaient, dans l'épaisse vapeur, les phares des voitures, faisant, mentalement, sonner sa note comme on frappe, en montagne, la cloche qui guide les convois, l'entendant, quelque part, répondre à ce carillon et, rassuré, pour un temps, sur la véracité de mes perceptions, sûr, désormais, qu'il y avait bien une présence au-delà de l'écran, je reprenais l'écoute, et la marche, essayant, au plus près, de circonscrire son souffle, parlant, de nouveau, mais cette fois-ci non plus pour les autres mais pour moi-même, essayant d'isoler, dans l'afflux des volutes, le dessin de ses inflexions, et d'énoncer son trajet, tendant les phrases à l'extrême, de même que l'on cherche, à tâtons dans le noir, le contact d'une surface, guettant une résonance, espérant une harmonique mais ne rencontrant qu'une sourdine, ralentissant l'allure, craignant de la perdre, m'arrêtant tout à fait, en quête du fil perdu, et, au creux de l'accalmie, l'entendant soudain appeler, hésitante : C'est toi ? Tu es là ?

Cet ouvrage a été mis en pages par

<pixellence>

Imprimé en France par CPI
en décembre 2022

Dépôt légal : janvier 2023
N° d'édition : 557190-0
N° d'impression : 172584